激情耗尽

[英]薇塔·萨克维尔-韦斯特 著

刘勇军 译

江苏凤凰文艺出版社

新流出品

她听着他的话，留心注意着那只天鹅。天鹅沿着岸边向他们漂浮过来，它把喙浸入水中，弯下脖子，急躁地啄着胸前雪白的羽毛。但她想的不是那只天鹅，而是亨利脸颊上刚刚长出来的胡须。

……

是的,她爱他。这个答案不会因为时间的不同而有所改变……她对他的爱是一条笔直的黑线,贯穿了她的一生。这份爱伤害了她,摧残了她,削弱了她,但她无法将其摆脱。

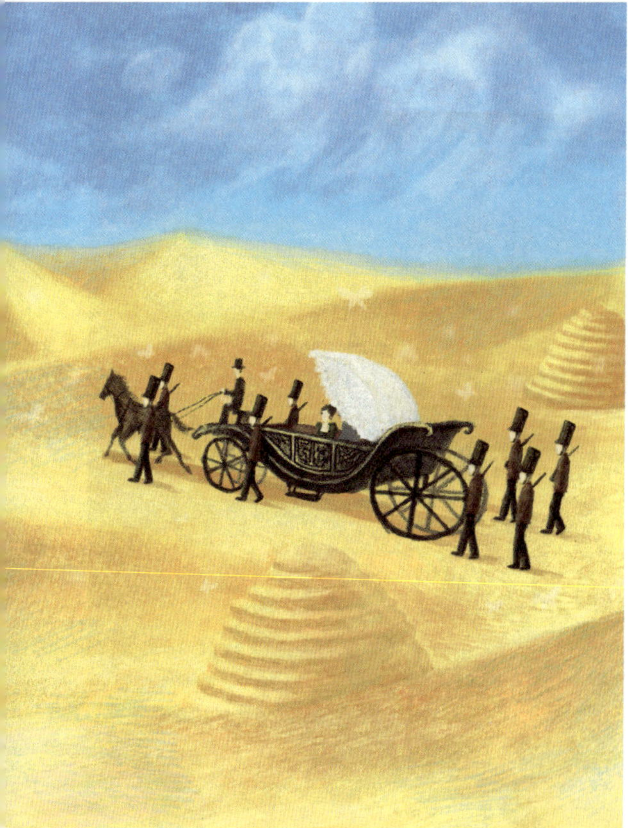

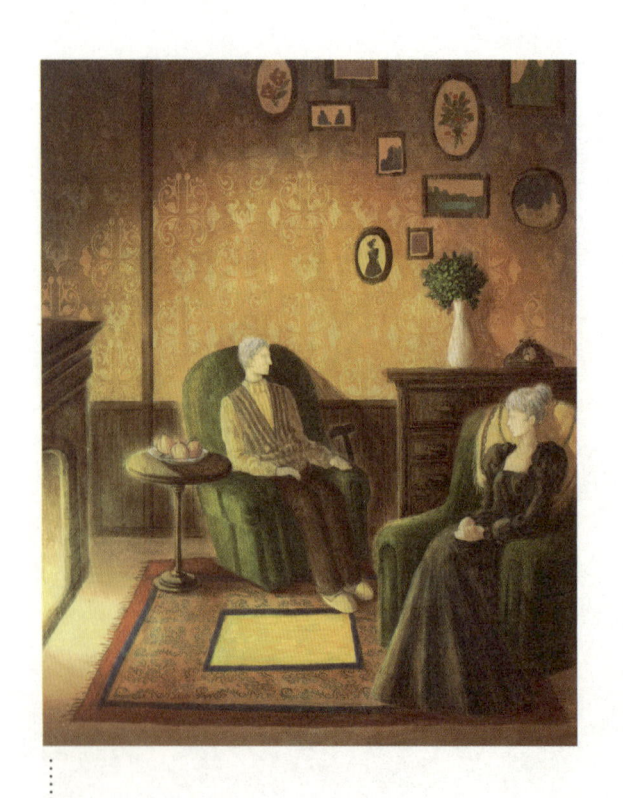

他庆幸自己没有见过中年的她，如此一来，他记忆中她年轻、活泼、激情四射的样子就不会受到玷污，如今，在人生的终点与她重逢，关于她的这段记忆便可画上完美的句点了。

目录

1 第一部分
119 第二部分
159 第三部分

谨以此书献给本尼迪克特和奈杰尔

他们年华正好

而本书里的人物则到了夕阳之年

从这宏大的事件当中

他使仆从们获得真正的体验

使他们离开时心境平和,倍感慰藉

心灵中洋溢着宁静,所有激情都已耗尽。

——《力士参孙》

第一部分

亨利·莱尔夫·霍兰德是第一任斯莱恩伯爵,他年事已高,人们都开始相信他能长生不老了。世人无不认为长寿是天大的美事,虽然难免不情不愿,但往往都会承认,人若是活到耄耋之年,必定能出类拔萃,成为人中龙凤。人之一生,不过短短数十寒暑,寿数瞬息即逝是人类与生俱来的缺陷,可长寿的人至少在这一点上独占鳌头。若能在永恒的死亡降临前多偷得二十年的光阴,就如同拿出自己的优势去执行既定的计划。我们用来衡量价值观的尺度,就是如此无关痛痒。因此,在五月一个温暖的早晨,城里的人们在火车上打开报纸,读到九十四岁高龄的斯莱恩伯爵在前一天晚上吃过饭后突然辞世的消息时，都觉得难以置信。"是心力衰竭啊。"人们说，仿佛对整件事了若指掌，其实不过是在重复报纸上的报道而已。接着，他们叹口气，补充道："唉，又少了一位见证历史的人物。"这一点可谓人所共识：又少了一位见证历史的人物，又多了一个例子提醒人们生命何其短暂。于是报纸纷纷刊载亨利·霍兰德的生平，对此进行了最后一次大肆报道。他一生中的功名事迹都被收集起来，凝练成一颗坚硬的板球，投到了公众的面前：在大学时代就是风云人物，后来更是年少有为，在内阁中占有一席之地，他一生获得的荣誉不胜枚举，受封过斯莱恩伯爵，获颁了嘉德勋章、巴斯勋章、印度之星勋章、一等爵级大司令勋章……这些荣耀就如同彗星拖着的长尾巴一样，就这样，他走到了人生中的最后一天，吃过晚饭后瘫倒在椅子上，九十多载的种种成就蓦然间化为历史。时间似乎向前跳跃了一小步，而老斯莱恩伯爵已不在，不能张开双臂阻挡岁月的进程了。在人生的最后十五载光阴里，他虽然悄然淡出公众生活，却不曾真正退出，有时，他现身议会，表现得温文尔雅却无可辩驳，通情达理之余发挥他的好口才嘲讽一番，这虽然不能真正阻止他那些比较极端的同僚，却能使他们少干点傻事。可惜这样的情况如凤毛麟角，毕竟亨利·霍兰德一向将"少做为妙"四字奉为宝典，但恰恰因为他很少这么做，偶然为之才能让人受益良多。人们很清楚，他字字珠玑，无不源于丰富的人生经验。倘若这位老人……这位八九十岁的老人能够奋起图新，趾高气扬地走到威斯敏斯特，以他那无可比拟的方式，仔细、冷静而又冷嘲热讽地一吐高见，那么新闻界和公众定然会言听计从。从来没有人真正攻击过斯莱恩爵爷，也从来没有人指责斯莱恩爵爷落伍。他为人幽默，周身散发不凡的魅力，他态度从容，贤达明智，在每一代人和每个党派心里都有着崇高的地位。世上的政治家多如过江之鲫，也许只有他能达到这样的高度。他似乎接触过生活的方方面面，但又好像从不曾沾染普通的生活，这赋予他一种众所周知的超然态度，因此，他才从不曾像一般专家那样被人咒骂和怀疑。他崇尚享乐，注重人文，运动和哲学亦是他的心头所好，他是一位学者，风度翩翩，智慧超群。他生来就幸运地具备了真正成熟的心智，而这在英国人身上是非常罕见的品质。无论处理任何实际问题，他总是摆出一副勉为其难的态度，有时候，这倒是正合他的同事和下属之意，有时候却也让他们恨得牙根痒痒。要从这个人口中得到"是"或"否"的确定回答，简直比登天还难。越是重要的问题，他处理起来越是草率。他先是在备忘录上阐述一项政策截然相反的两面各具备哪些优点，末了才在结尾处批复"同意"二字。下属无不被他搞得焦头烂额，心烦意乱。他们说，他总是看到事情的正反两面，光凭这一点，他就算不上称职的政治家。然而，他们虽然恼怒，嘴上怨言不断，心里却并不这样以为。他们知道，有时，到了山穷水尽的地步，他会比任何端坐在政府办公桌旁的大人物都更加尖锐，更加冷酷。拿来一份报告，别人还来不及读完，他只消扫上一眼，就能抓到核心要点，挑出不足之处。他会击碎记者的乐观和短视，手段犀利却又不失礼貌。他总是彬彬有礼，举止得体，对手却从他那里讨不到一点好处。

他特立独行,不光深受大众喜爱,就连漫画家也趋之若鹜。他喜欢打黑缎子领结,眼镜挂在一条宽得离谱的丝带上,晚礼服马甲上缝着珊瑚纽扣,哪怕汽车普及了很久,他依然乘坐双轮有篷马车。这一切构成了有关他的种种传说,有的真,有的假,叫人捉摸不透。后来,他在八十五岁那年终于在德比马赛中大获全胜,全场掌声雷动,还从不曾有人得到过如此热烈的喝彩。只有他的妻子怀疑,这些特有的品质与一些既定政策有着密切的联系。她的天性中没有半点愤世嫉俗,在与亨利·霍兰德做了七十年的夫妻后,她也学会了给自己披上一层愤世嫉俗的外衣。"那位亲爱的老先生,"火车上的城里人说,"唉,他走了。"

他真的走了,彻底告别了这个世界,再也不可回还。他的遗体就安放在榆树公园大街的灵床上,而他的遗孀低头注视着他,心中思绪万千。百叶窗没有放下来。他生前一再明确要求,在他死后,一定不可以把屋子弄得幽暗无光,如今即便他已经身故,大家也不希望违背他的嘱托。他躺在那里,灿烂的阳光笼罩着他,倒也省得石匠费时费力去雕琢他的塑像了。他有个最为宠爱的曾孙,这孩子无论提什么要求,他无不一口应下。曾孙曾开玩笑说,有一天爵爷死了,尸体也会俊美不凡。如今这个玩笑居然成了现实,而恰恰因为预言源于玩笑,现实反而变得叫人更加印象深刻。即使在活着的时候,爵爷的面容也不免使人先知先觉地联想到死亡的庄重与威严。他脸上的皮肉已呈现出微微凹陷之势,相比之下,鼻子、下巴和太阳穴的骨骼结构显得更为突出。双唇抿得更紧了,他一生的智慧都被封存在里面。此外,最重要的是,斯莱恩爵爷死后和生前一样,样貌依然是那么高贵典雅。尽管他身上蒙着白布,你依然会说:"躺在这儿的,是一位优雅的绅士。"

然而,死亡尽管威严,却也揭示了真相。那张生前高贵不凡的脸,死后则少了几分贵气。那双唇开开合合,吐露过多少幽默的言论,从不曾因为讥讽而令人不快,如今却变得如此单薄。他小心隐藏着的野心,现在却在鼻孔的傲慢曲线中显露无遗。当下没有了魅力不凡的神态举止来掩人耳目,再加上失去了微笑的保护,只留下了冷酷。他的样貌清逸俊美,却并不讨喜。房间里只剩下他的遗孀凝视着他,她的脑海中充斥着各种想法,假如孩子们能洞悉她的心声,一定会大吃一惊。

然而,她的子女们并不在场,也就无从观察她。他们六个聚在客厅里。再加上两个儿媳和一个女婿,一共有九人。最小的伊迪丝心想:这家庭聚会的场面实在叫人望而生畏,几个人像极了一群黑压压的老乌鸦。她一向是激动不安的性子,无论什么事,她总想用一句话就道尽原委,就像是把水倒进水罐。可一定会有很多深远的含义和引申的寓意泼洒到水罐外面,遗落无踪了。在它们溢出后再想将其捞起来,正如试图用手掬水一样,纯属白费力气。要是随身带着笔记本和铅笔,也许能有帮助,可将想法记录下来,可惜在寻找合适字眼的工夫,思绪便早已飘然远去了。此外,要是拿本子记下来,就一定会被别人发现。那速记呢?人不能任由思想像这样乱转,必须加以约束,并把注意力集中在眼前的事情上,就像别人不费半点力气就能做到的那样。不过,可以肯定的是,如果一个人到六十岁还没有在这方面吸取教训,那恐怕永远也做不到了。多么可怕的家庭聚会呀,伊迪丝想着,思绪回到了现实。赫伯特、嘉莉、查尔斯、威廉和凯。还有梅布尔、拉维尼娅和罗兰。他们三三两两地分成几拨,霍兰德家的几个子女聚在一起,两个儿媳妇在一起,剩下的便是女婿。过了一会儿,这些人重新排列:赫伯特和梅布尔在一起,嘉莉和罗兰在一起,查尔斯一个人,威廉和拉维尼娅在一起,凯也是一个人。一家人像这样一个不差地聚在一起,实不多见,伊迪丝心想,说来也怪,将他们召集在一起的,居然是死神,仿佛所有活着的人急切地冲到一起,就能寻求保护,相互支持似的。天啊,我们都老了。赫伯特一定有六十八岁了,而我六十岁了。父亲九十多岁,母亲也到了八十八岁高龄。伊迪丝开始计算他们的年龄总和,她突然开口,把大家都吓了一跳:"你今年多少岁了,拉维尼娅?"大家被吓得不轻,纷纷向伊迪丝投去了责备的目光。不过伊迪丝就是这样一个人,别人在说什么,她从来不听,还经常突然开口,讲一些不相干的话。伊迪丝本可以告诉他们,她努力了一辈子,就是想把心里的想法说出来,可惜从未成功。她说出来的话，往往与想要表达的意思截然相反。她真怕自己有朝一日一个不小心，说出什么不得体的话。比如，她想说"父亲死了，真叫人伤心"，却说成了："父亲死了，这不是很好吗?"还有更恐怖的可能性呢：那种小混混用铅笔在地下室通道的白墙上涂鸦的字眼，还有人们用最闪烁其词的口吻与厨子争辩的话，没准儿都会从她的嘴里蹦出来。她实在不善言辞。不光是家住榆树公园大街的伊迪丝，整个伦敦还有成千上万个伊迪丝这样的人，面对着同样的困境。但她的家人压根儿不清楚伊迪丝有这么多心事。

这会儿，她涨得满脸通红，双手不安地举起来拨弄着灰白的头发，他们见了，都很满意。这个手势表示她不会再开口了。把她弄得窘迫不安后，他们又聊了起来，但压低了声音，也表现出了哀伤的神情，很适合当下的场合。就连平时嗓门很大的赫伯特和嘉莉也降低了声音。毕竟，父亲的尸身就躺在楼上，母亲正为他守灵。

"母亲真棒。"

伊迪丝想，他们一遍又一遍地重复着这句话，语气中透着讶异，仿佛他们以为母亲会大叫大嚷，一会儿咆哮一会儿尖叫，陷入自暴自弃的泥沼。伊迪丝很清楚，哥哥们和姐姐私下里都觉得母亲蠢钝无知。有时，不能用常理来理解母亲说的话。她不光对现实世界一无所知，还经常有一些草率莽撞的言论，说的虽是英语，却叫人听得一头雾水，仿佛在听外星球的语言。母亲真是一无是处啊，他们常常用很礼貌的态度发表这样的评语，还带着家里开玩笑时才有的苦乐参半的腔调。但现在，在这种突发的情况下，他们发明了一种全新的说法：母亲真棒。外人都喜欢他们这么说，于是他们说了，还说了好几遍，仿佛这句话是诗歌中的叠句，在他们的对话中每隔一段时间就出现一次，将对话提升到更高的层次。然后，他们的对话恢复常态，再次围绕实际的问题展开。母亲真棒，但他们要怎么安顿母亲呢？显然，她在余生中不可能一直这么棒。总要给她一个机会发泄，那之后，就要找个地方安置她了。得为母亲找个房子，还得安排人照顾他。在外面的大街上，报纸上一定登着明晃晃的大字:斯莱恩爵爷去世。记者们很可能脚步匆匆,在舰队街上来回收集新闻。说不定他们还会扑向鸽子笼般恐怖骇人的骨灰场,而准备就绪的讣告就存放在那里。他们有可能窃取彼此的消息:"我说,老斯莱恩向来都随身带着铜钱,是真的吗?他的鞋底还是绉丝的?还喜欢用面包蘸着咖啡吃?"只要能写出劲爆的新闻,他们什么消息都打听。送电报的小工把红色脚踏车靠在路边,按响霍兰德家的门铃,送来装在棕色信封里的慰问信。这些信来自世界各地,从大英帝国的各个地方汇聚于此,特别是从斯莱恩伯爵任职过的地方。狭窄的大厅里已经摆满了花圈——花商可能还会源源不绝地送来更多,而按照赫伯特的话说,他们来得"太快了",他一面这么说着,一面透过单片眼镜,满心嫉妒地盯着花圈上别着的卡片。老朋友们可能会上门来:"赫伯特……事情太突然了……当然,想来你亲爱的母亲无法见我……"但他们还是希望能见上一面,满心盼望赫伯特能为他们破例,赫伯特却只会打发他们走,还觉得这么做非常过瘾:"你肯定明白,家母现在伤心欲绝。我得说,她老人家非常了不起。但目前而言,我想她除了我们不想见任何人,你肯定能理解。"就这样,他们紧紧地握了握赫伯特的手,无奈地离开了,最多只到门厅或门阶,连正屋都没能进去。记者们说不定会在房子外面的人行道上走来走去,相机像黑色的六角手风琴一样在他们胸前晃来荡去。霍兰德家外面就是这样一副光景,但在房子里面,霍兰德太太在楼上守着斯莱恩爵爷,如何安置她的问题就如同一副重担,压在子女们的心头。

当然,不管他们做出怎样的安排,她都不会质疑其明智性。母亲是个没主见的人。她一生和蔼可亲、温文尔雅,还很听话,就像个附属物。大家都认为她头脑不灵光,自己拿不了主意。"谢天谢地,"有时候,赫伯特这么说,"好在母亲不是那种聪明的女人。"这些子女从不曾想过,她也许会有一些自己的想法,只是一直把这些想法憋在心里罢了。他们都认为在安置母亲的问题上不会出岔子。他们从来没有想到,多年以来,始终没什么存在感,但很讨人喜欢的母亲会掉过头来愚弄他们,甚至还愚弄了好几次。她没什么智慧可言，一定会感激他们为她安排好晚年生活。

他们三五成群地站在客厅里，两只脚来回倒换着，显得很不自在，但从未想过坐下。在他们看来，坐便是对死者的不敬。他们一向稳重自持，可即使是面对预料之中的死亡，他们也难免不安。他们周围弥漫着一种悬而未决、惴惴不安的气氛，而这种气氛只会出现在那些即将踏上旅程或生活中出现重大波折的人身上。伊迪丝很想坐下歇歇，但没这个胆子。她心想，他们还真是一大家子人啊。人多，都穿着黑衣服，个个儿都到了老年，孙子孙女都已满地跑。她心想，所幸我们平时习惯穿黑衣服，毕竟丧服还没准备好，可嘉莉是穿着粉红色衬衫来的，那情形简直惨不忍睹。还是和以前一样，他们就像一群黑乌鸦，嘉莉的黑色手套放在写字台上，一同放着的还有她的围巾和提包。霍兰德家的女士们仍然戴着皮毛长围巾，穿着高领衣服，半身裙很长，过马路时还得把裙摆提起来。她们觉得，到了她们这把年纪，自然不该对时尚做出丝毫让步。伊迪丝真羡慕姐姐嘉莉。她对嘉莉并无多少姐妹之情,反而有些惧怕,但同时,她对嘉莉又是钦佩,又是羡慕。嘉莉继承了父亲的鹰钩鼻和威严的仪态。她身材高挑,肤色白皙,举止高贵。赫伯特、查尔斯和威廉也都是高个子,周身散发着高贵的气势。只有凯和伊迪丝身材矮胖。伊迪丝又一次魂游天外了。她想,我和凯八成与他们并非一脉相承。凯确实是个胖乎乎的小老头,一对蓝色的眼睛亮晶晶的,蓄着整齐的白胡子。哥哥们都把胡子刮得干干净净,这也是他与他们不同的地方。样貌就是这么奇怪,这么不公平。一个人一辈子会得到怎样的评价,都由样貌来决定。若长相卑微,就会被认为微不足道。然而,若非确实如此,一个人绝不会长成微不足道的样子。但凯似乎很是怡然自得。他不在乎有没有气势,他其实什么都不在乎。他是个单身汉,一个人住,喜欢收集罗盘和星盘,把日子过得心满意足。公众的尊敬、娶妻生子,以及更丰富多彩的个人生活,于他而言并无多大意义。当世,在地球仪、罗盘、星盘和所有同类仪器方面,没有谁比他更懂行。伊迪丝想,凯可真走运,全部注意力都在这一个小小的领域里，还这么满足。(然而，一个人从不喜欢出海或攀山，却选择这样的爱好，实在古怪。在他看来，这些东西是收藏家的收藏品，分门别类，标签上写得明明白白，但是在崇尚浪漫的伊迪丝看来，这些东西不仅是小小的黄铜和红木制品，装着错综复杂的枢轴和平衡环、圆盘和圆圈，也不仅仅是包着几内亚金的黄铜和深褐色的木头，以及带有黄道十二宫的标志符号和跃出海面的喷水海豚图案，她觉得它们蕴含着一个广阔而黑暗的世界。在任何地图上都找不到这个世界，其中危机四伏，充满了不确定性，还有衣衫褴褛的人嚼弹解渴，冒险求生。)"现在来说说收入的问题吧。"威廉道。

威廉把母亲的未来和收入的问题放在一起来说，还真符合他的个性。对威廉和拉维尼娅来说，节俭是一辈子都要贯彻的事。苹果还没熟就从树上掉下来摔烂了，必须立即做成水果布丁，以免造成浪费。浪费是威廉和拉维尼娅生活中最棘手的难题。必须把报纸卷起来引火，好节省火柴。他们热衷于不花一分钱把事办成。拉维尼娅一定要把树篱里的每一颗黑莓都摘下来装进瓶子里,不然就坐立难安。他们在戈德尔明有两英亩土地。一到晚上,他们就痛苦而又快乐地算计着用剩饭残羹喂猪合不合算,十几只母鸡下的蛋抵不抵得上他们用来喂鸡的玉米。伊迪丝心想,他们向来一心只想着这里省一点那里省一点,过得倒也开心。但是,要是让他们想想自结婚以来花掉了多少钱,他们一定会痛心疾首!伊迪丝想,让我来算一算,威廉排行老四,那么他应该有六十四岁了,结婚也肯定有三十年了。包括孩子的教育费用在内,要是他们每年花一千五百英镑,那么总共就是四万五千英镑。还真是一笔巨款。人们一直在托伯莫里潜水寻找的宝藏,也不过就是这个数目。这时候,赫伯特说话了。他向来消息灵通。而令人惊讶的是,他明明是个蠢货,探听来的消息却每每很准确。

"我可以把一切都和你们说说。"他把两根手指伸进衣领里,调整了一下领子,扬起下巴。他清了清嗓子,瞪了兄弟姐妹们一眼,打开了话匣子:"我可以原原本本地和你们说说。我和父亲商量过这件事。这么说吧,他有什么秘密都和我说。嗯哼!你们也都清楚，父亲手里没什么钱，如今他去世了，大部分收入也都没了。母亲现在只剩下每年五百英镑的净收入了。"

众人消化了这个事实。威廉和拉维尼娅交换了一下眼色，看得出来，他们正根据丰富的经验，进行快速的计算。兄弟姐妹们都在心里觉得伊迪丝是个笨蛋，可有的时候，她异常精明。她习惯透过人们的话，看清楚他们的动机。此外，她还会十分坦率地陈述自己的推论，而这种率直的行为会把别人搞得尴尬难安。此时此刻，她很清楚威廉要说什么，不过这一次她忍住了，没有发表评论。但当她听到他下面的话，还是轻轻地笑了起来。

"想来父亲在和你的秘密谈话中，不会碰巧提到珠宝了吧，赫伯特？"

"他还真提到了。你们也知道的，在他的财产中，那些珠宝倒也值些钱。珠宝是他的私产，他认为应该把它们无条件地留给母亲。"

这分明是给了赫伯特和梅布尔重重一击，伊迪丝心想。我猜呀，他们是希望父亲把珠宝当作传家宝留给长子的。不过,她瞥了一眼梅布尔的神情,就知道这一消息并不使她感到意外。伊迪丝想,赫伯特显然已经把父亲所说的秘密告诉了妻子,而且,赫伯特没有因为继承不了遗产而迁怒妻子,那梅布尔也真是幸运。

"那样的话,"威廉果断地说——他和拉维尼娅本来还盼着能拿到部分珠宝,但想到赫伯特和梅布尔也没能如愿,不禁有些幸灾乐祸,"那样的话,母亲肯定希望把珠宝出手。这么做倒也无可厚非。她为什么要把一大堆珠宝放在银行里呢?反正也没什么用。依我看,只要处理得当,这些珠宝可以卖五千到七千英镑。"

"比起珠宝和收入,还有件事更重要,"赫伯特接着说,"那就是母亲该住在哪里。不能让她一个人住。反正这栋房子她是住不起了。必须把房子卖掉。那么,她该到哪里去呢?"他又瞪了众人一眼。"显而易见,照顾她是我们的责任。她肯定要和我们住在一起。"这话听起来就像是事先准备好的。

伊迪丝心想,这些老东西,居然还要安置一个比他们更老的人!不过,这件事也是势在必行。以后,母亲的一年得分成几部分:三个月住在赫伯特和梅布尔家,三个月和嘉莉、罗兰在一起,三个月和查尔斯同住,三个月去威廉和拉维尼娅那里,那么她自己和凯呢?她再次从沉思中回过神来,一句不合时宜的话突然从她嘴里冒出来:"可是,这担子也该有我一份。我一直住在家里,也没嫁过人。"

"担子?"嘉莉转过身来对她说。伊迪丝立刻觉得像是被兜头浇了一盆冷水。"担子?亲爱的伊迪丝!有谁说过这是担子吗?母亲失去了唯一的精神支柱,晚年难免伤心。我们出力照顾她,我想我们都会觉得这是件叫人高兴的事,甚至觉得是我们的荣幸。伊迪丝,我觉得你说这是担子,实在不妥当。"

伊迪丝顺从地表示赞同:的确不妥当。"担子"这个词被重复了好几遍,只是既没有前言也没有后语,听起来怪里怪气,十分粗俗,就像是只说"干干"不说"净净",说"自视"不说"甚高",说"颠三"不说"倒四"。它变成了一个粗鲁的撒克逊词。担子,担子。这个词的确生硬。"这担子也该有我一份",这话是什么意思?担子是什么?不,说"担子"还真不合适。"好吧,"伊迪丝说,"我想,我应该和母亲住在一起。"

她看见凯满脸都是轻松的神色。很明显,他脑子里想的一直是自己那舒适的小家,以及家里的藏品。赫伯特的声音就像号角声,眼瞅着凯的"耶利哥城墙[1]"就要倒塌。其他人也在考虑伊迪丝提出的可能性。她是女儿,又未婚,显然由她来照顾母亲是最好的办法。但霍兰德家的人都不是逃避责任的人。责任越是繁重难缠,他们就越不可能逃避。至于高不高兴,他们倒是很少有这方面的考虑。他们的肩上一直压着这样那样的责任,这些责任向来都很重,有时甚至还叫人不快。他们都继承了父亲的旺盛精力,只是有那么点臭脾气。嘉莉为兄妹们说起话来。嘉莉是个好人,可像许多好人一样,她只会搞得大家不得安宁,争吵不休。

---

[1] 据《圣经》记载,约旦古城耶利哥是一个不可摧毁的城池。——译者注

"伊迪丝的话确实有些道理。她一直住在家里,对她来说不会有太大的变化。当然,我知道她常常希望独立自主,有一个自己的家。亲爱的伊迪丝,"她说着,露出了一个与谈话内容无关的微笑,"可我认为她是完全正确的,"她继续说,"只要父母还用得上她,她就不会抛下他们不管。不过,我现在觉得,我们大家都应该出一份力。伊迪丝无私,母亲也很无私,但我们不能顺杆爬。我相信我说出了你的心声,赫伯特,也说出了你要说的,威廉。还是不要给母亲另找房子了,她可以轮流和我们住,这样做对母亲最好。"

"确实如此。"赫伯特赞同地说,又整理了一下衣领,"确实如此,确实如此。"

威廉和拉维尼娅又交换了一下眼色。

"当然,"威廉说,"我和拉维尼娅收入有限,但随时欢迎母亲。同时,我认为应该做出一些财务上的安排。这样的话,母亲能过得更舒坦,不会有一星半点的拮据。一星期两英镑,或者三十五先令……"

"我完全同意威廉的看法,"查尔斯出乎意料地说,"至于我个人,将军的退休金少得可怜,要是多一位客人,那我可就要揭不开锅了。你们都知道,我住在一套小公寓里,生活非常简朴,家里并没有多余的卧室。当然,我盼着养老金以后能涨一涨。为着这件事,我给陆军部写了一篇很长的备忘录,也给《泰晤士报》写了一封信。那封信还没有见报,毫无疑问,他们是在等待合适的时机。不过我承认,这届政府根本不能让人满意,我是看不到改革的希望了。"查尔斯哼了一声。他觉得自己这番话说得掷地有声,于是环顾了一下家人,希望得到他们的赞同。他这个将军——查尔斯·霍兰德爵士可不是虚有其表。

"这就有些不好办了……"新晋斯莱恩伯爵夫人说道。

"别多嘴,梅布尔。"赫伯特道。大家都知道他经常这么对妻子说话,梅布尔每每刚说出半句话,就会被他打断。"这完全是家务事,拜托了。无论如何,嗯,还是先办好父亲的葬礼吧,之后再详细讨论这件事。我不太清楚这个不愉快的话题是怎么说起的。(那就要问问威廉了,伊迪丝心想。)在此期间,当然要把母亲的事放在第一位来考虑。只要不伤害她的感情就行……不管怎样,我们必须记住她的生活已经支离破碎了。各位都清楚,父亲就是她的主心骨。要是我们现在丢下她一个人,对她不管不顾,那就算被骂死,也是咎由自取。"

啊,就是这样,伊迪丝想:人们会怎么说呢?这么看来,他们既想博个好名声,又想从可怜的母亲那里搜刮点钱出来。吵吧,吵吧,她心想。对于家人争执不休的场面,她是再熟悉不过了。他们一定会为母亲的事吵上好几个星期,就像狗争抢一块放了很久的骨头一样。只有凯会想方设法置身事外。威廉和拉维尼娅最不堪,他们想要把母亲当成寄宿房客,再拿出高人一等的气势,享受朋友的赞美。嘉莉一定会装可怜。她心想,有人死了,这也是常有的事。这时她发现,在这些纷乱的思绪之外,还有一件事在她的头脑里涌起:她现在是否能够独立生活。她想象着自己的小公寓该有的样子。客厅舒适宜人,有一个仆人在旁侍候,有一把属于自己的房门钥匙,到了晚上,她就坐在炉火边看书。再也不用替父亲回复信件,再也不用陪母亲去露天的医院病房,再也不用为家里记账,也再也不用带父亲去公园散步了。她终于可以养金丝雀了。她怎么会不希望赫伯特、嘉莉、查尔斯和威廉轮流照顾母亲呢?虽然他们吵吵闹闹让她震惊不已,但她在心里承认,自己并不比哥哥姐姐强多少。

待在这栋房子里叫人不自在,虽然母亲还活着,但父亲已是一具尸体,伊迪丝害怕被单独抛下。她不敢承认自己的恐惧,便竭尽全力拖住哥哥姐姐,让他们晚点走。甚至对于她相当不喜欢的嘉莉和赫伯特,以及她相当鄙视的查尔斯和威廉,她都盼着他们能留下陪她。她找了很多借口,只为了让他们多待一会儿,生怕他们纷纷离去,前门最终轰然关闭的时刻到来。哪怕只有凯在,也聊胜于无。可凯走得比谁都快。她快步跟着他上了楼梯平台。他转过身,想看看是谁跟在后面。他这一转身,可以看到他那整齐的小白胡子,一条表链垂在因养尊处优而长出来的小肚子上。"你要走了吗,凯?"他仿佛从伊迪丝的语气中听出了责备的意味,登时气不打一处来,而实际上他从她的语气中觉察出的本该只有恳求才对。他之所以恼火,是因为他本来就为了要去赴约而满心愧疚。他难道不该留在榆树公园大街吃晚饭吗?可他安慰自己,说不想给仆人添麻烦。因此,当伊迪丝跟在他后面跑过来的时候,他转过身来,尽可能拿出耐心而又恼怒的样子。"你要走了吗,凯?"

凯确实要走了。他必须去吃晚饭。如果伊迪丝愿意,他可以晚些时候再来。于是他又表达了这个想法,他虽然任性,但是很怯懦,会不惜一切代价避免不愉快。他运气不错,伊迪丝的性格同样怯懦,她立即收回了她追过来本来想要表达的责备或恳求。"啊,不,凯,当然不用。你回来干什么呢?我会照顾母亲的。你明天早上过来吗?"

凯嘴上说了句"会来",心里着实松了一口气。他明天早上会来,而且一大早就会过来。兄妹二人亲吻道别。他们已有很多年没有亲吻彼此了。但是,死亡会带来很多奇怪的影响,其中之一就是上了年纪的兄弟姐妹会轻轻地亲吻彼此的脸颊。由于不太习惯,他们的鼻子成了障碍。亲吻完毕,兄妹二人都抬起头,目光穿过黑暗的楼梯井,望着父亲尸身所在的楼层。凯突然感到很尴尬，急忙跑下楼去了，一直走到外面的街上，才感到如释重负。时值五月，傍晚的伦敦一切如常。出租车在国王大道上驶来驶去。菲茨乔治正在俱乐部等他。他不能让菲茨久等。乘巴士太慢，于是他打算坐出租车去。

菲茨乔治是他最年长的朋友，实际上也是他唯一的朋友。二十多岁的年龄差距本来是他们之间的一道鸿沟，但过了六十岁，这种差距就逐渐变得不那么明显了。这两位老先生有许多共同的爱好。他们都狂热地喜欢收藏，唯一的区别在于一个有钱，一个没钱。菲茨乔治非常富有，是个百万富翁。凯·霍兰德很穷，霍兰德家几兄妹都不富裕，尽管他们的父亲曾官拜印度总督。菲茨乔治想买什么就能买什么，但他有个怪癖，偏要像乞丐一样住在伯纳德街一幢房子顶层的两个房间里，终日以摆弄艺术品为乐。而且，能博得他青睐的，只有那些他亲自发现，并把价格一压再压的艺术品。他天生擅长淘换宝贝，还很会还价，凭借这些本领，他在托特纳姆法院路的大型家具店地下室里发现了多那太罗被埋没很久的雕塑作品。他只花了很少的钱（他自己很是得意，凯·霍兰德则羡慕到恼怒，可恼怒之余倒也十分钦佩），便收集到了连大英博物馆和南肯辛顿博物馆都垂涎的各种收藏品。没有人知道他会怎么处理藏品。那些东西有可能都被遗赠给凯·霍兰德，也有可能在罗素广场上被付之一炬。从表面看来，他没有继承人，不仅如此，谁也不清楚他祖上是何许人。他把珍贵的藏品牢牢放在身边。少数有幸进过他那两个房间的人回来都说，一卷卷的明代画像放在袜子里，达·芬奇的画作堆在浴室，埃兰陶器就摆在椅子上。没有空椅子可坐，去做客的人自然只能站着。菲茨乔治先生亲自把水壶放在煤气灶上，接着把玉碗收起来，不情不愿地奉上一杯最便宜的茶。只有那些拒绝喝茶的客人才会收到第二次邀请。

几乎每个人都认识他。一看到他戴着方形的礼帽，穿着老式的长礼服走进克里斯蒂拍卖行，人们就说："老菲茨来了。"无论是冬天还是夏天，他的装扮从不改变：方帽，长礼服，通常腋下夹着一个包裹。至于包裹里装的是什么，他从来没有透露半分。也许是德累斯顿产的茶杯,也许只是菲茨乔治先生晚餐要吃的腌鱼。他在伦敦人之间很有人缘。大家都认为他是个不折不扣的怪胎,可哪怕是凯·霍兰德,也绝不会当面叫他菲茨,不过,人们看到他经过,会耍贫嘴,说一句"老菲茨来了"。据说,他一生中最高兴的事,就是克兰里卡德爵士死了。那天,老菲茨在圣詹姆斯大街上走着,扣眼里插着一朵花,坐在俱乐部窗边的其他绅士都非常清楚这代表什么。

尽管菲茨乔治先生和凯·霍兰德相交三十多年,二人之间却算不上亲密无间的知己。人们经常能看到他们在布德尔饭店或茅草屋俱乐部一起用餐,但他们各付各的钱。两人喝着大麦水,谈论价格和各种艺术品,一聊起来就没完没了,活像是恋人在诉说绵绵的情话。然而,除此之外,他们对彼此一无所知。菲茨乔治先生当然知道凯是老斯莱恩伯爵的儿子,但对菲茨乔治先生的身世,凯知道得并不比其他人多,连菲茨乔治先生自己八成也不清楚。人们之所以这样说,还是因为他名字的前缀充满了暗示,引起了猜测。当然,凯从来没有问过他,也从来没有暗示过自己对这个问题有兴趣。他们相处融洽,却并无深交。因此,在等着凯到来之际,菲茨乔治先生心里有些惴惴不安。霍兰德家有人去世,他知道自己应该表示慰问,却又不愿意违背二人之间的默契。凯的所作所为让他有些恼火。凯不去给父亲守灵本就是轻率之举,现在还不取消约会,更是强人所难。然而,菲茨乔治先生很清楚,他永远不会原谅别人取消与他的约会,他觉得这是一项罪过。怒火在他心里燃烧,他敲着布德尔饭店的窗户,等待着凯的到来。他觉得自己一定要说几句慰问的话。最好一上来就说完,早说早了。凯肯定不会迟到吧?三十年来,他赴约从来没有迟到过。不光从不曾迟到,也从来没有爽过约。菲茨乔治先生从口袋里掏出一块价值五先令的大怀表,看了看时间。八点过十七分了。他又看了看圣詹姆斯宫的钟,对了一下时间。凯迟到了整整两分钟。不过好在他已经到了,正从一辆出租车里出来。

"晚上好。"凯走进餐厅说。

"晚上好。"菲茨乔治先生说,"你迟到了。"

"天哪,我真迟到了。"凯说,"我们马上吃饭吧,好吗?"

用餐期间,他们聊起了塞夫勒产的一对碗,菲茨乔治先生声称这是他在富勒姆路淘来的。凯看过那对碗,却认为是假货。分歧产生,两个人争论不休,两位老先生都很喜欢这样的讨论。可是今天晚上,菲茨乔治先生的兴致被破坏了。他还没有说出他想说的慰问话,每过一分钟,就多一分尴尬,把话说出来的可能性也少一分。于是他更生凯的气了。他们一起吃了那么多次饭,这还是第一次如此失败。菲茨乔治先生大失所望,心想交朋友真是大错特错。他一肚子火,后悔不该与凯来往。对别人,他向来是敬而远之,而这才是最值得称赞的做法。允许例外的存在,实在是错到离谱。他双眉紧蹙,瞪着对面的凯,一边喝大麦水,一边小心地擦着他那整洁的小胡子,没意识到心里已被敌意填满。

"来点咖啡吗?"菲茨乔治先生说。

"好吧……可以,来点咖啡吧。"

菲茨乔治先生突然想,可怜的老伙计,他看上去累坏了,哪里还有平时那打扮整齐的样子。他有点垂头丧气，说话都有些力不从心。"要不要来杯白兰地？"他问。

凯吃惊地抬起头来。他们从不喝白兰地。

"不了，谢谢。"

"还是来一杯吧。服务员，给霍兰德先生一杯白兰地。记在我的账单上。"

"我其实……"凯说道。

"不必多说。服务员，要最好的白兰地，一八四〇年的。霍兰德，毕竟，我第一次见你时，你还是摇篮里的小婴儿。一八四〇年的白兰地只有三十年左右的历史而已。没什么可大惊小怪的。"

凯突然得知老菲茨见过刚出生时的自己，只顾着惊讶，全忘了白兰地的事。他的思绪飞快地回到了过去。他是一八七四年在印度出生的。这么说，老菲茨一八七四年一定在印度。"你从没告诉过我你那时候去过加尔各答。"凯说，留着范戴克式小胡子的他小口抿着白兰地。"没有吗？"老菲茨漫不经心地说，好像这件事无关紧要。"没错，我当时在印度。监护人不同意我上大学，就送我去周游世界了。（这事真够奇怪的！如此说来，老菲茨年轻时居然还会受监护人的管束？）你父母待我很好。"菲茨乔治先生接着说，"你父亲是总督，当然没有多少闲工夫，可我记得你母亲非常谦和，还很迷人。那时她还年轻，正值芳华又美丽。我记得我当时想，她是我在印度见过的最漂亮的人。但是，霍兰德，那对碗，你还是看走眼了。你对瓷器一无所知，以前你不懂行，以后也不会懂。这东西太精致，你没么高的品位。你就关注星盘这样的垃圾吧。这是唯一适合你的领域。你还品评起瓷器了！居然否定我的判断，在这方面，我忘掉的东西，都比你学会的还多。"

凯对这种奚落早就习以为常。面对老菲茨的欺负，他甘之如饴，甚至高兴得微微颤抖。他坐在那里听老菲茨告诉他，他配不上鉴赏家的称号，还不如去集邮。他知道菲茨并无恶意，只是喜欢挖苦他而已，就像一只在求偶期的老鸽子总喜欢啄来啄去。凯则把头转到一边，躲开他的打击，微微拱起身子，笑了笑，低头看着桌布，摆弄起了刀叉。他们的关系奇迹般恢复了正常，菲茨乔治先生见二人和好如初，情绪也大大振奋,他马上说自己也要喝一杯白兰地,不然准会崩溃。他忘记了本打算说的安慰话,或者说,他以为自己忘记了,可这件事一直在他的脑海深处盘旋不去。后来二人一起走出俱乐部,站在台阶前准备告别。凯把麂皮手套戴在手上。菲茨乔治先生这辈子都没有手套,凯·霍兰德却是一双奶油黄色的手套从不离手。菲茨乔治先生用低沉的声音说道:"你父亲的事我很遗憾,霍兰德。"他听见自己这么说,也吓了一跳。

他终于把这话说了出来,而圣詹姆斯大街上的喧嚣并未将他的声音淹没。其实将这话说出来很容易,一点也不难。然而,到底是出于什么动机,他才会更进一步,提出了下面这个最不可思议,也最没有必要的建议呢?"找一天,你带我去拜访一下斯莱恩伯爵夫人吧。"他是怎么了,为什么会这么说?凯吃了一惊,却并不觉得奇怪。"哦,好,没问题,当然可以,只要不给你添麻烦。"他急忙说。接着,他道了声"好,晚安了,晚安",便快步走了。老菲茨站在那儿,注视着凯的背影,琢磨着自己这么一说,以后会不会再也见不到凯·霍兰德了。

伊迪丝的思绪又开始转动：这所房子很奇怪。里面发生的事情和外面发生的事情形成了鲜明的对比。外面嘈杂热闹，光线明亮，人流往来不息，到处张贴着海报，记者们仍然在栏杆外徘徊不去，关于威斯敏斯特教堂的话题从不间断，议会两院的演讲接连上演。屋里面却鸦雀无声，像是有什么阴谋在里面进行。仆人们压低声音说话，大家上下楼梯不发出半点声响，每当斯莱恩伯爵夫人走进房间，人们就会停止交谈，纷纷起立，一定会有个人走上前去，轻轻地搀扶她在椅子上坐下。他们对待她的态度，就好像她出了意外，或者暂时失去了神志。然而，伊迪丝确信，母亲不愿意被搀扶到椅子上，也不愿意别人如此恭敬，一声不吭地亲吻她，更不愿意别人问她是否真的不愿意在卧室里吃晚饭。唯一以正常方式对待她的人，是她的法国老女仆热努。热努与斯莱恩伯爵夫人年纪相仿，在她婚后一直陪伴着她。热努在屋子里走来走去，弄出的动静像往常一样，自言自语也像往常一样，她一会儿说法语，一会儿说英语，用这异乎寻常的混杂语言喃喃念叨着接下来要干什么。她仍然毫不客气地快步走进客厅去找女主人,丝毫不在意有其他人在场,也不管是否会吓众人一跳,她直接抛出问题:"打扰一下,夫人,先生的衬衫还用送去洗衣店吗?[1]"于是大家纷纷望着斯莱恩爵夫人,仿佛以为她会像遭受重击的花瓶,立刻四分五裂,但她还是用如往常一般平静的声音回答说,是的,爵爷的衬衫一定得送去清洗。然后,她转身对赫伯特说:"赫伯特,不知道你想让我怎么处理你父亲的东西。要是都给管家,实在可惜,况且也不合身。"

伊迪丝想,只有她母亲和热努不肯迎合这所房子弥漫着的陌生氛围。从赫伯特、嘉莉、查尔斯和威廉的眼神里,她能看出他们对此深感不忿。不过自然不会有人把这份不满公开说出来。他们只能含蓄地坚持自己的看法:母亲的生活已然支离破碎,一直在顽强地忍受着,必须保护她,让她清清静静地熬过

---

[1] 原文为法语:Pardon, miladi, est-ce que ça vaut la peine d'envoyer les shirts de milord à la wash?——译者注

这次的灾难,至于丧礼所需的一切事宜,以及与外界的联系,就交给她那些能力卓绝的儿女好了。至于可怜的伊迪丝,根本帮不上什么忙。大家都知道,伊迪丝总是在不恰当的时候说不恰当的话,该做的事一件都不做,还美其名曰她"太忙了"。凯也没有多大用处,不过其他人也根本不把他看作这个家庭的一员。赫伯特、嘉莉、威廉和查尔斯四个人将母亲围住,阻隔了外面的世界。的确,时不时会有一些特别的谣言在他们的默许下溜过他们的屏障:比如国王和王后发来了亲切的慰问,而人人都知道赫伯特是不可能把这件事保密的。比如斯莱恩伯爵的故乡哈德斯菲尔德希望得到霍兰德家族的同意,在那里举行追思仪式,格洛斯特公爵将代表国王出席葬礼,皇家刺绣学院的女士们匆忙赶工,缝制了一面棺罩。首相和反对党领袖将各拉住棺罩一角。法国政府将派出一名代表。据说布拉班特公爵将代表比利时出席葬礼。赫伯特小心翼翼,一点一点地把这些消息透露给了母亲,试探着看她会作何反应。而她对这些事居然漠不关心。"他们真是太好了。"她说。有一次她这么说:"你能这么满意,亲爱的,我真是太高兴了。"听到这话,赫伯特又是欢喜又是愤慨。他是一家之主,别人对他父亲的敬意,在某种程度上也是对他的尊重。然而,母亲理所当然才是关注的中心。从父亲去世到下葬之间的三四天时间,理应把她摆在第一位。赫伯特自觉处事得体,不由得十分自豪。之后,他有足够的时间来证明自己无愧于斯莱恩爵爷这个头衔。前人栽树后人乘凉,这是自然规律。然而,只要父亲的遗体还在家里,母亲至高的地位就无可撼动。可她如此漠不关心,这么快就放弃了自己的地位,这不光不必要,也有失体统。在父亲死后的这三四天里,母亲应该极力纪念丈夫,放弃这个权利就是不体面。赫伯特心里就是这么想的。然而,伊迪丝心中的小恶魔喋喋不休地说,也许在斯莱恩伯爵在世期间,她就已经心力交瘁,所以如今才不愿再追忆他,徒增烦恼?这所房子确实很奇怪,这种怪异很特殊,以前从来没有过,以后也不会再有。毕竟父亲不能死两次。他的死造成了这种特殊的局面。当然,这是他自己也不曾预见到的。这样的事,除非真正发生,否则没人能预见到。

谁也预料不到，父亲总是那么高高在上，大权在握，如今他这一死，竟把母亲推上了最显赫的位置。她的显赫地位也许只能维持三四天，但在这短暂的时间里，她的地位绝对尊崇。每个人都必须退让。她，也只有她，能决定威斯敏斯特教堂的大门该打开还是关闭，整个国家都必须等待她的决定，教长和全体教士都必须顺从她的意愿。任何一件事，都必须非常温和谨慎地征求她的意见，弄清楚她的想法。一个默默无闻的人突然变成了重要人物，实在奇怪。这像极了在玩游戏。伊迪丝不禁想起曾经，父亲心情好时，下午茶过后就会走进客厅，看到儿女们都围在母亲身边，听她读故事书，他会啪的一声合上书，说现在他们要在整个房子里玩"跟领袖学样"游戏，但必须由母亲来做"领袖"。于是全家人一起玩，他们蹦蹦跳跳地穿过寂静的办公室，跑过舞厅的拼花地板，舞厅的枝形吊灯用亚麻布袋包着。他们一路上做着各种滑稽的动作，母亲总能想出无穷无尽的姿态来。父亲跟在最后，活似个小丑，模仿什么都不像，孩子们见了，高兴得哇哇尖叫，还假装要纠正他。母亲会转过身来

（凯还抓着她的裙子），假装严肃地说："真是的，亨利！"许多个夜晚，大使馆和总督府都回荡着他们的笑声。但伊迪丝记得有一次，母亲（当时还很年轻）在档案室里把一个文件夹里的几页文件弄乱了。孩子们就争抢文件，要把文件弄得更乱，就在母子几人正玩得高兴的时候，父亲的脸色却突然沉了下来，以成年人的方式表达了他的不快。他的快乐和母亲的快乐一同崩塌，就像一朵凋零的玫瑰。众人返回客厅，谁也不吭声，像是挨了一顿臭骂，仿佛朱庇特从奥林匹斯山上弯下身子，发觉有个凡人在他假装不在的时候，私自乱动他极为重视的物件。

现在母亲又可以玩"跟领袖学样"的游戏了。在这三四天里，母亲可以扮演"领袖"，她若一时心血来潮，便可带领着欧洲和帝国的达官显贵，手舞足蹈地前往戈尔德斯格林或哈德斯菲尔德，而不是像人们所期望的那样乖乖地去威斯敏斯特教堂或布朗普顿公墓。但是，母亲根本不肯带头，伊迪丝心中的小恶魔只能大失所望了。不管赫伯特提出什么建议，她都赞同。就像赫伯特在七岁时玩"跟领袖学样"时提示她的那样:"去厨房吧。"现如今她八十八岁,赫伯特六十八岁,她的默许使伊迪丝感到并不恰当。赫伯特也很震惊。他这个做儿子的像极了父亲,但女人的依赖依然让他心花怒放,颇为得意。只是在这三四天里,他要求母亲坚持自己的观点,毕竟他是在玩游戏,就得遵守游戏规则。然而,与此同时,要是有谁与他意见相左,他那男性的乖张叛逆便开始作祟,心里愤愤难平。

赫伯特看到自己的想法得到采纳,态度便越来越温和,但他能说服自己,这些想法源自母亲,而不是他。他离开母亲的房间下楼,回到兄弟姐妹们相聚的客厅。伊迪丝觉得他已经进出很多次了。母亲选择了威斯敏斯特教堂,那就必须去威斯敏斯特教堂。毕竟,母亲无疑是正确的。英国所有最伟大的子民都葬在这座教堂。他说,他本人更青睐哈德斯菲尔德的教区教堂,不过伊迪丝很机灵,认为这并非他的心里话,而且,他还觉得他不仅代表自己说这话,也道出了他们所有人的心声。但必须考虑母亲的意愿。此外,在威斯敏斯特教堂响当当的名声面前,他们也只能让步。毕竟，这是一种荣誉，而且是巨大的荣誉，是他们父亲一生所获得的至高殊荣。想到这件庄严的事，嘉莉、威廉和查尔斯都默默地低下了头。另一方面，伊迪丝想，父亲要是能看到自己入葬威斯敏斯特教堂，一定会欣喜若狂，心满意足，虽然他还是会嘴硬，对此不屑一顾。

毫无疑问，皇家刺绣学院的女士们编织的棺罩华丽高级。紫色长毛绒上绣着纹章标志的浮凸图案。首相恰如其分地执着棺罩一角，面上带着恰当的严肃神情，表现得无懈可击，任何人看到他都会毫不犹豫地说："首相就是首相，担得起内阁大臣的职位。"反对党领袖与首相步调一致。在一个小时的时间里，他们把分歧抛在脑后，这实际上也是游戏的一部分。他们有着共同的责任，吸收过大致相同的经验教训，只是拥护者并不喜欢他们两个保持相同的频率。两位小王子被匆忙却恭敬地领到了座位上，他们也许感到奇怪，为什么命运要把他们和其他年轻人区别开来，让他们一会儿去新建的主干道上剪彩，一会儿又去参加政治家的葬礼来表示敬意。更有可能的是，他们把这当作一天的工作。

但是,与此同时,伊迪丝想知道真相是什么。

葬礼结束后,榆树公园大街的一切都发生了微妙的变化。大家依然很照顾斯莱恩伯爵夫人,但赫伯特和嘉莉渐渐生出了一丝不耐烦,他们什么都要管,坚持所有事都由他们做主。赫伯特无疑成了一家之主,而嘉莉是他的助手。他们准备对母亲采取温和却坚定的态度。依然会有人搀扶她坐到椅子上,待她坐定,还是会有人拍拍她的肩,表现出亲切和爱护。但她必须明白,这个世界仍在运转,死亡带来的停顿不可能永远持续下去。就像斯莱恩伯爵办公桌上的文件一样,斯莱恩伯爵夫人的安置问题,也必须加以解决。那之后,赫伯特和嘉莉就可以继续忙他们自己的事了。所有能说的话,都已经清楚明白地说了出来。

斯莱恩伯爵夫人坐在那里看着儿女们。她非常安静,老迈的她身体虚弱,但整个人雍容典雅。孩子们经常见她,对她的外表习以为常,但陌生人无不惊奇,说她不可能超过七十岁。她是一位美丽的老妇人,身材高挑纤细,肤色白皙,向来仪态万方,优雅俊逸。衣服穿在她身上，就会显得飘逸出尘。衣服的线条轮廓在她的摆弄下柔顺熨帖。她的四肢动起来流畅明快，看起来赏心悦目。她有一双灰色的眸子，眼眶很深，鼻子短而挺，一双手白白净净，好似范戴克画中的玉手。她的白发上罩着一层黑色的花边面纱，十分得体地衬托着她。多年来，她一直身着柔软的连衣长裙，虽然款式不一样，但都是黑色。看着她，人们会相信，一个女人可以如此美丽和优雅，好似看到天才的作品，我们会相信那都是毫不费力的成就。更令人难以置信的是，斯莱恩伯爵夫人居然能在生活中兼顾各种活动，承担各种义务、做慈善、照顾子女、肩负社会责任，还要公开露面，这些事将她的时间填得满满当当。每当提到她的名字，人们必然马上说出下面这番好似顺理成章的话："她真是个贤内助啊，在事业上帮了丈夫很多！"啊，是的，母亲确实漂亮，伊迪丝心想。正如赫伯特所说，母亲真棒。但赫伯特正在清喉咙。现在他又要发表什么高论？

"亲爱的母亲……"这是个既有些孩子气，又很传统的说法。赫伯特把手指伸进衣领。曾经，她和他一起坐在地板上,教他如何旋转陀螺。

"亲爱的母亲。我们一直在讨论……我是说,我们理所当然为你的未来感到担忧。我们都知道,你把一生都献给了父亲,我们也知道,如今他去世了,你的生活出现了空白。我们一直在想一件事……就是因为这件事,在我们回家前,才把你叫来客厅,和我们见一面……我们想问的是,你以后想在哪里生活,要怎么生活?"

"但你已经替我做了决定,不是吗,赫伯特?"斯莱恩伯爵夫人极其温柔地说。

赫伯特把手指伸进衣领里,整理了起来,同时还不住地偷瞥,伊迪丝真担心他会窒息。

"啊!替你做决定,亲爱的母亲!'决定'这个词并不妥当。的确,我们拟订了一个小小的方案,但这还要看你的意思。考虑到你的爱好,我们也明白,你不愿意抛下这么多的兴趣和消遣。同时……"

"等一下,赫伯特,"斯莱恩伯爵夫人道,"你刚才说的兴趣和消遣是什么?"

"亲爱的母亲,"嘉莉责备地说,"赫伯特指的自然是你加入的那些委员会,像什么巴特西贫困妇女俱乐部、弃婴收容院、妇女救助组织,还有……"

"啊,是的,"斯莱恩伯爵夫人说,"是我的兴趣和消遣。确实如此。接着说吧,赫伯特。"

"没有你,这些组织都得垮。"嘉莉说,"我们也知道这一点。其中很多都是你创立的,你是他们的支柱。你现在肯定不愿意抛弃他们。"

"再说,亲爱的斯莱恩伯爵夫人,"拉维尼娅说,她始终不曾放松下来,用别的名字来称呼婆婆,"我们知道你无事可做会很无聊。你是多么活跃,多么有活力的一个人!啊,不,我们都觉得伦敦最适合你居住。"

斯莱恩伯爵夫人还是一言不发。她看看这一个,又看看那一个,表情虽然温柔,却带着令人惊讶的讽刺。

"不过,"赫伯特继续他原来的话题,这次被人打断,他虽然不高兴,却也耐着性子听完了,"你有权希望住在这栋房子里,可惜你的收入太少,根本负担不起。因此,我们提议……"他大致讲述了我们已听他们讨论过的计划,在此就不必再听一遍了。

然而,斯莱恩伯爵夫人则一直在听。她这一生把很多时间都用来倾听别人说话,自己却不发表太多评论,现在她听大儿子说个不停,一句话也没有说。她沉默不语,他对此却不以为然。他知道,她这一辈子,不管别人叫她搭轮船去开普敦、孟买、悉尼,还是把她的衣服和育儿室都搬去唐宁街,或者陪丈夫去温莎度周末,她都习惯于让别人替她安排是走还是留。在所有这些场合,她不光服从别人给她的指示,还会表现得天衣无缝,不出一点意外。她穿着端庄得体,随时准备站在码头或平台上,和一堆行李一起,等着被人接走。赫伯特现在没有理由怀疑,他确信母亲会按照时间表,轮流住在儿女家空余的卧室里。

待他讲完,她说:"你想得真周到,赫伯特。明天你就把这所房子交给房产经纪人吧。"

"好极了!"赫伯特说,"真高兴你同意了。但也不必这么赶。毫无疑问,需要一段时间才能把这房子卖掉。我和梅布尔随时欢迎你,你方便的时候就可以过来。"他弯下腰,拍拍她的手。

"等一下。"斯莱恩伯爵夫人说着举起了赫伯特拍过的手。这是她做出的第一个手势。"别着急,赫伯特。我并没有同意。"

他们都惊愕地看着她。

"你不同意,母亲?"

"不同意。"斯莱恩伯爵夫人微笑着说,"我不打算和你住在一起,赫伯特。我不和你住,嘉莉,也不去你家,威廉。查尔斯,你非常好,可我也不会和你住。我要一个人住。"

"母亲,你一个人?这是不可能的……那你要住在哪里呢?"

"汉普斯特德。"斯莱恩伯爵夫人平静地点了点头,仿佛在回答一个内心的想法。

"汉普斯特德?但你能找到合适的房子吗?便利,又不太贵?其实……"嘉莉说,"现在讨论母亲找什么房子,好像一切都说定了似的。真是太荒谬了。我不知道我们是怎么回事。"

"有房子。"斯莱恩伯爵夫人说着,又点了点头,"我见过。"

"但是,母亲,你没去过汉普斯特德。"眼下的情况简直荒唐至极。至少在过去的十五年里,嘉莉对母亲每天的一举一动都了如指掌,她很抵触,不愿相信母亲在她不知情的情况下去过汉普斯特德。母亲如此独自行动,就如同一种宣言,实在叫人愤怒。长久以来,斯莱恩伯爵夫人和大女儿的关系都很亲密。每天要做什么,总是母女二人商量着来。早上,热努就拿着她们写的字条一一执行。她们还打电话,一聊就是很久。嘉莉会在吃完早饭后来到榆树公园大街。她个子高挑,为人务实却傲慢,走起路来窸窣作响。她戴着手套、帽子和围巾,包里装着购物清单,委员会下午的议程也被她准备妥当了。这两位上了年纪的女士会一起讨论当天要做些什么,斯莱恩伯爵夫人一边说一边做着编织活儿,大约十一点钟,母女两个一起出门,二人都身材高挑,穿着一身黑色,与附近的老妇都很熟悉。要是她们去不同的地方办事,嘉莉至少也会去榆树公园大街喝下午茶,确切地了解一下母亲一天是怎样度过的。斯莱恩伯爵夫人若是去过汉普斯特德,肯定是瞒不住的。

"那是三十年前的事了。"斯莱恩伯爵夫人说,"当时,我见过那所房子。"她从针线筐里拿出一束毛线,递给凯。"请拿一下,凯。"她小心翼翼地把小线圈拆解开,开始卷毛线,样子从容淡定。"我相信房子还在那儿。"她一边说一边小心地卷毛线。凯按照长久以来习惯的那样,站在她面前,手有节奏地上下移动着,这样羊毛就可以从他的手指上滑下来,而不会被卡住。"我相信那座房子还在那儿。"她说,语气中透着梦幻感和自信,仿佛她与那座房子达成了某种神秘的默契,三十年来,它一直在耐心地等待着她。"房子不大,很便利。"她淡淡地补充道,"不大也不小,想来热努一个人应付得来。也许还需要雇一个白天干活的杂工,做些粗活。房子的花园很漂亮,朝南的墙边长着几棵桃树。当时那所房子正要出租,当然你们的父亲肯定不会喜欢。我还记得经纪人叫什么名字。"

"那么,"嘉莉厉声说,"经纪人叫什么名字?"

"那名字很有趣。"斯莱恩伯爵夫人说,"所以我才一直记得这么清楚。他叫巴克特劳特[1]。杰瓦斯·巴克特劳特,与那所房子很相配。"

"啊,"梅布尔说着双手合十,"我觉得听起来美味极了:又有桃子,又有鳟鱼……"

"安静,梅布尔。"赫伯特说,"当然,亲爱的母亲,假如你坚持……啊……假如你非要做这件异乎寻常的事,那就没有什么可说的了。毕竟,你的事,还是由你自己来做主。可是,你明明有那么多孝顺的子女,退休后却偏偏选择在汉普斯特德独自生活,在世人的眼里,这不是有点奇怪吗?当然,我并不想强迫你。"

"我不这样认为,赫伯特。"斯莱恩伯爵夫人说。她把毛线卷完,道:"谢谢你,凯。"她将毛线在一根长长的织针上绕了一个圈,重新开始编织。"许多老太太退休后都住在汉普斯特德。再说了,世人的眼光嘛,我在意得够久了,想来是时候给自己放个假,不去管他们了。人老了还不能随心所欲,那要到什么时

---

[1] 原文为 Bucktrout,意为雄性鳟鱼。——译者注

候才可以呢?毕竟,剩下的时间不多了!"

"好吧。"嘉莉说,尽量把这糟糕的局面处理妥帖,"至少我们可以保证你永远不孤单。我们人很多,很容易就能安排每天至少有一个人去看望你。不过,可以肯定的是,汉普斯特德离这儿很远,找车倒是不那么方便。"她补充道,意味深长地看着身材矮小的丈夫,后者不禁有些畏缩。"但你还有曾孙子和曾孙女。"她说,又高兴了起来,"你一定很高兴他们去看你,和你保持联系。我知道,看不到他们,你肯定会难过的。"

"恰恰相反,"斯莱恩伯爵夫人说,"这件事,我也有了决定。你也看到了,嘉莉,我现在要完全放纵自己,好好享受晚年的生活了。所以,我不需要孙子们陪在左右。他们年纪太小,没一个到四十五岁。曾孙们就更不必了。他们的年纪更小。我不需要劲头十足的年轻人,他们总喜欢同时做好几件事,凡事还喜欢刨根问底。我并不希望他们带着孩子来看我,否则我只会想起,这些可怜的人需要付出多大的努力,才能平安地走到生命的尽头。我觉得还是忘记他们为好。我不需要任何人在我身边,除了那些离死比离生更近的人。"

赫伯特、嘉莉、查尔斯和威廉一致认为母亲发了疯。他们向来觉得她头脑简单,如今更甚,断定她上了岁数,头脑已经不正常了。然而,她疯归疯,所做的事并无害处,甚至还省去了子女们的很多麻烦。威廉也许会因为拿不到照顾母亲而应得的补贴心有遗憾,嘉莉和赫伯特可能仍然害怕世人指指点点,但是,总的来说,看到母亲自己把事情解决了,他们都松了口气。凯用探寻的目光望着母亲。母亲温柔、无私,做任何事都不掺杂她自己的喜怒哀乐,对于她,他太想当然了,他们都太想当然了。现在,他平生第一次明白,不管是多么熟悉的人,仍然会做出叫人意想不到的事。只有伊迪丝一个人满心欢喜。她认为母亲不仅没有疯,反而还非常清醒。她很高兴看到嘉莉和赫伯特费了这么大的力气,母亲三言两语就让他们吃了瘪。她轻轻地拍了拍双手,低声说:"加油,母亲!加油!"但出于最后一点谨慎,她没有大声把这话说出来。母亲第一次表现得如此能言善辩,她不禁深深地折服。在这个不可思议的早晨,这是最大的意外了。毕竟斯莱恩伯爵夫人一向缄默寡言,不喜欢发表意见,甚至由于她总低头织毛衣或刺绣,就连脸上的表情也很少显露于人前,只是偶尔说一句:"是吗,亲爱的?"所以她几乎从未透露过自己的真实想法。伊迪丝现在明白了,这些年来,母亲表面看起来温柔体贴,却从未允许别人窥探她的内心世界。她观察到了多少?指出了多少?批评了多少?又有多少是秘而不宣的?这时,她再度开口,同时在针线袋里翻找着什么。

"我已经把珠宝从银行取出来了,赫伯特。你和梅布尔最好拿走吧。几年前我就想把它们送给梅布尔,可惜你父亲反对。不过这里只有几件。"说着,她把针线袋翻了个面,把里面的东西抖落到腿上,可以看到乱七八糟的皮匣子、薄纸、几块散石和几束毛线。她开始用纤细漂亮的手指把它们捡起来。"伊迪丝,按铃叫热努来,"她抬起头来,说,"你们也知道,我从来不喜欢珠宝。"她说,这话更像是在自言自语,而不是对家里人倾诉,"这么多珠宝落到我的手里，真是太可惜，也太浪费了。你们的父亲过去常说，遇到重要的活动，我必须打扮得体。那时候在印度，他经常去塔什伊汗拍卖会买回很多珠宝。在他看来，王孙贵戚看到我戴着他们的礼物会很高兴，尽管他们很清楚，那些珠宝是我们自己花钱买回来的。我敢说他是对的。但我始终觉得这相当愚蠢，简直就是一场闹剧。我曾经有一颗很大的黄玉，古铜色的，没有镶嵌，切割成了几十个切面。不知道你们这些孩子还记得吗？我还让你们透过那块黄玉看火来着。它能折射出数百簇小小的火焰，有的朝上，有的朝下。你们吃完下午茶下楼来，我们常常坐在火炉前，透过黄玉看火，就像尼禄看着燃烧的罗马。只不过我们看到的是棕色的火，不是绿色的。想来你们都不记得了。那是六十年前的事了。当然，我把黄玉弄丢了。人总是会失去自己最珍视的东西。其他的东西我都没丢过。也许这是因为其他珠宝都是由热努在保管，她常常都能想到最特别的地方来藏它们。她觉得保险箱不牢靠，常常把我的钻石扔进冷水罐，她说没有哪个窃贼想得到去那里找珠宝。我常常想，要是热努突然去世,我自己真不知道到哪里去找那些珠宝了。可我从前一直把黄玉放在衣兜里。"恰在此时,热努走进来,打断了斯莱恩伯爵夫人梦幻般的回忆。热努走起来,弄出的动静像蛇爬过枯叶一般沙沙作响,也像马鞍一样嘎吱不停。在进入六月前,她都不会脱下一层层用来固定紧身胸衣的牛皮纸,以及用来抵御英国寒冷天气的长袖羊毛连身衣。"夫人,有什么吩咐?[1]"

是的,伊迪丝心想,这里除了母亲没有人需要热努,只有母亲才会按铃。我们是都聚在一起,但只有母亲才能下命令:赫伯特一边整理衣领一边偷瞧,嘉莉腰板挺直,看起来正在气头上,查尔斯像削铅笔一样捻着胡子,不过谁在乎查尔斯呢?就连陆军部都不待见他,而查尔斯对此心知肚明。他们都知道没人在意他们,这就是他们说话那么大声的原因。母亲从不多说话,直到今天才有所改变。然而热努走了进来,仿佛母亲是这个房间,甚至整栋房子里唯一有资格发号施令的人。热努知道该尊重谁,她没有理会持续不

---

[1] 原文为法语:Miladi a sonné?——译者注

断的说话声。"夫人,有什么吩咐?"

"热努,珠宝是在你那里吧?[1]"

"是的,夫人,珠宝在我那里。我看说那是宝藏都不为过。夫人要我去拿来吗?[2]"

"去拿吧,热努。"斯莱恩伯爵夫人坚定地说,不过热努还是扫了一眼,仿佛她每晚把钻石扔进冷水罐里防范的窃贼,就是赫伯特、嘉莉、查尔斯、威廉、拉维尼娅,甚至是备受冷落、毫无害处的梅布尔。过去,热努好像总能听到印度的阳台和南非的门廊里响起鬼鬼祟祟的脚步声,以为是盗贼们来抢总督的珠宝,"那些可恶的黑鬼[3]"。然而,现在到了英国,她小心翼翼守护的财产更危险,而且威胁更为直接,甚至合理合法。夫人太温和了,对珠宝丝毫不在意,又如此超然,绝不可能照顾好自己,也保管不好财物。

---

1 原文为法语:Genoux, vous avez les bijoux? ——译者注
2 原文为法语:Mais bien sûr, miladi, que j'ai les bijoux. J'appelle ça le trésor. Miladi veut que j'aille chercher le trésor? ——译者注
3 原文为法语:ces sales nègres。——译者注

可热努天生就善于保管财物。"夫人，你忘了吗，那些戒指是可怜的先生特意送给你的[1]？"

斯莱恩伯爵夫人低头看着自己的手。有句俗语叫"满手戒指，珠光宝气"。假如俗语都有意义的话，而每一个俗语都形容出了人类的经历，那么，这句俗语的意思就是宝石太重，压得手都抬不起来了。她的手上确实戴满了戒指。这些戒指是斯莱恩伯爵让她戴的，它们自然象征着他对她的爱意，但也同样是斯莱恩伯爵的妻子该有的装饰。一枚镶嵌着半圈钻石的大戒指就套在她的手指上，优雅夺目。（斯莱恩伯爵经常注意到妻子的手像鸽子一样柔软。从某种意义上说，事实的确如此，毕竟只要伸手去抓，那双手就会温软到融化。但从另一方面来说，这又未必是事实。从外表上看，那双手纤细柔美，如雕塑一般，非常有特色。但是斯莱恩伯爵一定更注重那双手女性化的一

---

[1] 原文为法语：Miladi se souviendra au moins que les bagues lui ont été très spécialement données par ce pauvre milord? ——译者注

面，而不去理会那些更微妙、更不方便理解的暗示。）斯莱恩伯爵夫人低头看着自己的手，仿佛在热努的提示下，她第一次注意自己的手。手是身体的一部分，可若是突然留意到自己的手，却总是带着毫无感觉的客观。双手会猝然变得极为遥远。人们会观察优美的关节，以及手对外界的即时信息做出的神奇反应，仿佛它们属于另一个人或另一台机器。人们甚至会用打量的眼光，饶有兴味地观察椭圆形的指甲、皮肤上的毛孔、指骨和指关节上的皱纹，手是光滑还是粗糙。双手一直是你的仆人，但你不曾研究过它们的个性如何。而根据手相学的说法，它们的个性与我们的个性紧密相连。人们也会看到自己的手或是戴满戒指，或是因劳作而变得粗糙，而这要视情况而定。斯莱恩伯爵夫人也低头看着自己的手。这双手陪伴了她一生。它们和她一起，从孩子胖乎乎的小手变成了老妇人象牙般光滑的手。她沉湎在往事中，一边转动着半圈钻石戒指和半圈红宝石戒指，戒指有些松了。这些戒指在她的手上那么久，已经成了她的一部分。"不，热努,"她说,"不必担心[1],我知道戒指是我的。"

但是,其他的东西不属于她,事实上,是她并不想要它们。热努把它们一个接一个地取出来递给赫伯特,就像一个农民把一窝鸡蛋数给买主一样。赫伯特接过珠宝,并把它们交给梅布尔,就像泥瓦匠把砖头递给同伴一样。他深谙珠宝的价值,却不懂得何为美。斯莱恩伯爵夫人坐在旁边看着。她会欣赏美,却不在意珠宝的价值。这些东西成本多少,市场价格几何,对她来说毫无意义。珠宝所具有的美却对她意义重大,不过她并不想拥有那些珠宝。与珠宝有关的种种联系也对她意义重大,它们确实代表了她最奇妙的一部分人生。那些玉权杖,是中国使者带来的礼品!她还清楚地记得当时举办的献宝仪式:使者身着黄袍,蹲伏在地,从猛犸象腿那么长的骨头里发出怒号一般的乐声。她还记得自己当时在宫廷恭顺地坐在总督身边,强忍着不让自己笑出来,她骂自己不该笑,不然就和狭隘的英国人取笑波兰名字中不熟悉的辅音

---

[1] 原文为法语:soyez sans crainte。——译者注

组合一样。除了不熟悉之外,还有什么原因让她对着大腿骨奏出的乐声发笑?使者听到库贝力克所写的曲子,也许也会觉得好笑。然后,印度的王孙贵族们带着礼物来了,现在热努在榆树公园大街把这些礼物交给了继承人赫伯特。印度的王公很清楚,他们的礼物会被送去塔什伊汗拍卖会,总督会根据自己的钱包和判断力,把珠宝买回家。疙疙瘩瘩的珍珠和满是瑕疵的未切割祖母绿,现在经由愤愤不平的热努,传到了急不可耐却还是佯装体面的赫伯特的手中。一个个红色丝绒盒子打开,里面放着手镯和项链。"一切都整齐地保存着[1]。"热努说着扣上了盒子。交接完毕,一张小桌子上已经摆满了空首饰盒。"亲爱的梅布尔,"斯莱恩伯爵夫人说,"还是借给你一个旅行箱吧。"

这就是一场掠夺。威廉和拉维尼娅的眼睛闪闪发光。斯莱恩伯爵夫人没有注意到他们贪婪的目光,也没有注意到他们并不满意她把珠宝只给一个人,并为

---

1 原文为法语:tout est bien en ordre。——译者注

此心怀怨恨。拉维尼娅连个胸针都没得到！显而易见，斯莱恩伯爵夫人根本没有想到应该把这些东西平均分给几个儿女。拉维尼娅和嘉莉默默地看着，心中怒火燃烧。如此单纯，无异于愚蠢。但赫伯特对此心知肚明，简直有些心花怒放。看到别人如此窘迫，他满心得意，还火上浇油，仅此一次用亲切的语气对梅布尔说："把珍珠戴上吧，亲爱的。一定与你非常相配。"可惜在梅布尔那张蜡黄小脸的衬托下，珍珠看起来都失了颜色。梅布尔曾经也是个美人儿，如今容色不再，肤色比发色还要暗沉，头发没有光泽，像尘土一样。曾经在斯莱恩伯爵夫人的衣裙饰带和柔软脖颈上光彩照人的珍珠，现在挂在梅布尔瘦削的脖子上，看起来黯然无光。"好看极了，亲爱的梅布尔。"拉维尼娅举起了她的单镜片夹鼻式眼镜说，"但是，这些礼物的质量总是那么差，真是太奇怪了，不是吗？仔细看看，珍珠都发黄了，就跟旧钢琴键似的。以前母亲戴的时候，可不是这样呢。"

"关于房子的事，母亲，"嘉莉道，"明天你抽得出空去看一下吗？我想我下午有时间。"她开始查阅从包里拿出来的一个小记事本。

"谢谢你，嘉莉。"斯莱恩伯爵夫人说，又做了一件让儿女们吃惊的事，"我约好了明天去看房子。谢谢你的好意，但我想我还是一个人去吧。"

对斯莱恩伯爵夫人来说，独自去汉普斯特德是冒险，在查令十字车站顺利换车后，她心中的快乐更胜以往。自从住进了榆树公园大街，曾经只受帝国边界限制的女人再也不能自由活动了。也许她和有些人一样，哪怕去过很多陌生的国家，也不会留下深刻的印象，反而始终保持原样。也许她真的老了。人活到八十八岁，或许的确有资格这样说。对年龄的意识和感觉是那么奇怪，却有趣得很。她的头脑还是和以往一样警觉，也许更警觉了。由于感觉到最后的死亡就在不远处，必须充分利用剩下的时间，头脑就变得更加敏锐了。只是她的身体微微颤抖着，不太确定自己是否可靠，甚至不太确定方向感，害怕上台阶时跌倒，也怕打翻茶杯。她的身体因紧张而颤抖，意识到不能受推挤，也不能脚步匆匆，不然就会暴露自身的脆弱。年轻人未必总能注意到她，并体谅她。而一旦他们留意到,往往就会表现出一丝烦躁,为了迁就她那缓慢的步伐,他们只好故意磨蹭。正因如此,斯莱恩伯爵夫人从来就不喜欢和嘉莉一起步行到街角去搭巴士。然而,独自去汉普斯特德,她并不觉得自己老了,反而觉得自己比多年来任何时候都年轻,证据就是她急切地开始生命中一段全新的旅程,哪怕这是最后一程。她坐着,随着车的晃动而微微摇摆,身子挺得笔直,手紧握着雨伞和包,车票安全地塞在手套的开口里,她看上去并不像这么大年纪的人。她没有想到,要是同乘地铁的人得知两天前她才把丈夫安葬在威斯敏斯特教堂,会作何感想。此时此刻,她摆脱了嘉莉,深深沉浸在这不可思议的感觉之中。

(莱斯特广场站)

她从不曾想到,她竟因为亨利的撒手人寰突然得到了莫大的自由。她隐隐注意到自己一生中发生过的很多事往往会带来明显与之无关的结果。她问过亨利,是否曾在政治领域也见过同样的情况。尽管他集中精神,非常礼貌地听她说话(他向来如此,对所有人都是这样），但他显然没有理解她的意思。然而，亨利很少有不明白他人所说的话是什么意思的时候。相反，他会任由他们讲出心中所想，这期间一直用敏锐且幽默的眼神注视着他们，不管对方有多笨拙，他总能总结出他们的中心意思，还把这个中心思想在手指之间摆弄，抛上抛下，就像杂耍艺人在抛金球，经过他那无与伦比的智慧的修饰，原本贫瘠的语言就变成了喷涌着水花的喷泉，闪烁着光芒，具有深刻的意义。而这正是亨利与众不同、吸引人之处，也因此，人们才会称赞他是世界上最迷人的人：不管是会议桌边的内阁部长，还是晚餐时坐在他旁边有些害羞的年轻女子，只要有一点要求，他就会运用自己最出众的智慧去帮助每个人。他从不表现出轻蔑或敷衍的态度。任何话题，无论多么琐碎，他都认真对待。而且越是与他的工作或兴趣不相干，他就越认真。他会和初次参加社交活动的少女讨论舞会礼服，和下级讨论马球用马，还会与他们讨论贝多芬。因此，他欺骗了很多人，让他们相信自己确实吸引他。

（托特纳姆法院路站）

但是，当妻子问他有些事会引发与之无关的结果的问题时，他却不打算接话茬，只是摆弄起了她手指上的戒指。她现在可以看到那些戒指，在她的黑色手套下鼓鼓囊囊的。她叹了口气。很多时候，她试探两句，亨利的心思却在别处，并不予以关注。于是她终于接受现实，安慰自己说她可能是世界上唯一一个他不需要打起精神周旋的人。这样的安慰或许很乏味，可她是真心这么以为的。她现在后悔了：她有很多事都想和亨利讨论。都是些不受个人感情影响的事，不会引起麻烦。在将近七十年的时间里，这个独一无二的机会一直属于她，她手握这一潜在的特权。如今一切都消失了，永远埋没在了威斯敏斯特教堂的石板下。

（高志街站）

看到她摆脱了嘉莉，亨利一定会觉得很有趣。他从来就不喜欢嘉莉。她怀疑他其实哪个孩子都不喜欢。他从不批评任何人，这是他的一个特点。但是，斯莱恩伯爵夫人非常了解他（虽然从某种意义上说她根本对他一无所知），知道他什么时候喜欢一个人，什么时候不喜欢。他的表扬总是有分寸，但反过来说，他若没有开口赞美，那也是别有深意。她想不起他曾对嘉莉说过一句赞许的话，他只说过"我的女儿真能干"这种十分勉强的夸奖。每当他看着赫伯特，眼神传达的意思都是确定无疑的。查尔斯满口怨言，从来没有成功地从父亲那里得到多少同情。（尤斯顿站）。斯莱恩伯爵一想到自己那个当将军的儿子，那神情往往就像是在说："现在，我是不是应该振作起来，向这个爱夸夸其谈、脾气暴躁的人讲讲我对政府机构有什么确切的看法？毕竟，我对政府机构的了解要比他深得多。"据斯莱恩伯爵夫人所知，他从未对儿子真正说过这番话。他宁愿默默忍受。他对威廉显然很疏远，不过斯莱恩伯爵夫人很疼儿子，便撒了谎，总是试图把这种回避归结为对拉维尼娅的厌恶。"亲爱的，"有一次，亨利不想再听妻子的劝说，便道，"我发现自己很难适应这种满脑子只知道算计的人。"斯莱恩伯爵夫人听罢只能叹口气，说，是的，可怜的威廉，必须承认拉维尼娅对他的天性造成了一定程度的伤害。斯莱恩伯爵则是这么回答的："伤害？他们本就是一个豆荚里的两颗豌豆。"对他来说，这算得上尖刻的反驳了。

（卡姆登镇站）

出于私心，他倒是对伊迪丝有那么一点点感情。她一直住在家里，为家里出了很多力。她带他出去散步，替他回复一些信件。她确实经常把信弄得一塌糊涂：寄出去的信没有署名，或者即使署名了，却没写地址，在这种情况下，信件就通过死信招领处退回到"榆树公园大街，斯莱恩"的地址，而这种不测之祸给斯莱恩伯爵带来的更多的是乐趣，而不是气恼。从来没有发生过什么事能让斯莱恩伯爵称赞女儿伊迪丝是个能干的女人。斯莱恩伯爵夫人有时禁不住想，他之所以喜欢伊迪丝，是因为伊迪丝给了他取笑她的机会，而不是因为他信赖她善意的服务。

(乔克农场站)

还有凯。但是,斯莱恩伯爵夫人还没来得及考虑斯莱恩伯爵对奇怪又成问题的凯是怎么看的,也还没有来得及用长长的钓索钓起鱼儿一般的回忆,她就想起了自己给自己定的一条规矩,那就是,在完全空闲的日子到来之前,不要让往事肆意浮现。在能尽情享受之前,不要奢靡。不能因为一点点的期待,就破坏了那饕餮盛宴。列车也帮了她的忙,颠簸着开过几个道岔后,它驶进了另一个铺满白色瓷砖的车站,红色瓷砖拼成的方框里有一个名字:汉普斯特德。斯莱恩伯爵夫人摇摇晃晃地站了起来,伸出一只手去扶栏杆。正是在这些场合,也只有在这些场合,她必须克服匆忙的机械生活时,才会显露出自己垂垂老矣的现实。她有点发抖,还有点害怕。很明显,她身体虚弱,害怕受到人流的冲击。然而,为了不给别人带来不便,她总是很顺从列车员的话,当他们大喊着"请快点走"时,她就乖乖地加快脚步。她并不希望被人推着向前走,所以总是让别人先上火车或巴士,自己礼貌地跟在后面。就这样,她错过了很多次火车和巴士,这常常惹得嘉莉极为恼火,毕竟她总是找好自己的座位,却只能随着车子离开,而母亲依然站在月台上或人行道上。

到了汉普斯特德,斯莱恩伯爵夫人及时下了车,手里还紧紧抓着伞、包,以及夹在手套里的车票,这真是个奇迹。她下了车,夏日的暖风迎面吹来,伦敦的屋顶都在她的下方。她站在那里,并未引来路人的侧目,毕竟在汉普斯特德,生活着很多老太太。她迈步走了起来,只是不确定是否还记得路。但汉普斯特德似乎并不是伦敦的一部分,这里笼罩在一派寂静之中,弥漫着浓重的乡村氛围,一栋栋暖色调的红砖房鳞次栉比,树木葱茏,远方的景色美轮美奂,她看在眼里,不由得心旷神怡,觉得这俨然是康斯太勃尔画中的景致。她缓步而行,心情轻松愉快,没有焦虑,就像是在隐居,不用再考虑亨利对孩子们是喜是厌,什么也不想,只需要考虑怎么找到那所房子,那所属于她的房子。三十年前,那幢房子与现在这些红砖房一样,还有一个后花园。想到重逢在即,一种怪异的感觉在她心里升起。三十年了。比婴儿成长为心智成熟的成人所需的时间,还要长上十年。谁知道在这段时间里房子发生了什么?是遭到了破坏,已然废弃,还是仍然稳稳地矗立在原处?

这所房子确实空置了很多年,一直在等着有人来住。自从三十年前斯莱恩伯爵夫人第一次看到它以来,它只租出去过一次,租客是一对安静的老夫妇,他们只是普通人,没有什么特别的经历,但在他们看来,自己这一生足够跌宕起伏,但又太过平常,以至在生活的海洋中没有留下任何波澜。总之,这对老夫妇过着平静的日子,一波三折的生活早已飘然远去。老夫妇来到这里,就是为了慢慢地消失,由着生命之火缓缓熄灭。于是他们真的消失了,生命之火也彻底熄灭。事实上,他们都是在桃树上方朝南的那间卧室里咽下最后一口气的——反正看房人是这样告诉斯莱恩伯爵夫人的,这么说是为了鼓励她。看房人说着随手拉起百叶窗,让阳光照进来,同时用撩起的围裙擦去窗台上的蜘蛛网,她回头看着斯莱恩伯爵夫人,好像在说:"好了,你现在把房子看了一遍,其实没什么好看的,就是一栋要出租的房子而已。看在上帝的分儿上,快拿定主意吧,我也好回去喝下午茶了。"但是斯莱恩伯爵夫人站在空无一人的房间里,平静地说她和巴克特劳特先生约好了见面。

斯莱恩伯爵夫人让看房人先行离开,用不着继续等。她的声音里一定还残留着一些在总督府养成的威严气势。对立情绪不见了,看房人反而变得有些谄媚,看起来十分狼狈。她说,不管怎样,她都必须锁门。钥匙在她那里。她每天都会过来打开门锁,用掸子快速打扫一番,再把门锁上,任由整栋房子恢复平静。偶尔有灰泥从墙上掉下来。灰泥是在夜里掉下来的,第二天早晨必须清扫干净。房子无人居住,就会变得非常残破。连常春藤都从窗户的缝隙爬了进来。斯莱恩伯爵夫人看着爬进屋内的叶子——那是一片浅绿色的新叶,在阳光下无精打采地摇曳着。有几根草飘过地板。一只巨大的蜘蛛飞快地爬上墙,消失在裂缝里。是的,斯莱恩伯爵夫人说,看房人可以离开了,巴克特劳特先生肯定善解人意,会负责锁门的。

看房人耸了耸肩。毕竟,屋子里没什么值钱的东西可让斯莱恩伯爵夫人偷走,她自己也想回去喝茶。

她收了半克朗[1]的小费便离开了。斯莱恩伯爵夫人独自一人留在屋里。她听到前门砰的一声关上了,看房人走了。叫他们看房人,真是大错特错,他们压根儿就没把房子看护好。他们只是敷衍了事,提着一只装着脏水的镀锌桶咚咚地走来走去,用一块脏兮兮的抹布随便擦擦地板,便以为任务完成了。他们一星期只拿几个先令,却要打扫整幢房子,这让他们本就粗糙的双手更加不堪入目,因此也不能责怪他们。对他们来说,这往好里说是一份差事,往坏里说就是一件讨人厌的事。人们不能要求他们发自内心地把房子打扫得纤尘不染。只要干上几个月,这样的苦差事就能浇灭人的热情,而看房人却要干一辈子。也不能指望他们把房子当成奇怪的东西,尤其是一所空房子。不可能要求他们认为房子不仅仅是一块又一块砖的堆砌,在修建的过程中由铅垂线和水准仪调节,每隔一段距离安装门和窗,不可能要求他们相信房子也有生命,仿佛有一股气息飘进了这四四方方的砖砌建筑里,这

---

[1] 英国银币名,值二先令六便士。——译者注

团气息让房子成为一体,并且会一直留在里面,除非包围它的墙壁轰然倒塌,把它暴露在公众面前。房子是非常私人的东西,而这样的私密并非是由门和闩来保护的。要是有人觉得这种迷信的观点不合情理,可能会回答说,人本身不过是原子的集合,就像房子不过是砖块的集合一样,然而人却声称自己拥有灵魂、精神、记忆和感知的能力,而这一切与他们那躁动不安的原子毫无关系,正如房子与其静止的砖块毫无关系一样。这样的观点是无法用理性来解释的。谁也不能指望看房人相信。 斯莱恩伯爵夫人经历了一种奇怪的感觉,人们第一次独自待在可能成为自己家的空房子里,都有着相同的经历。她从二楼的窗户往外看,思绪却在楼梯上跑上跑下,偷瞧各个房间,她虽是第一次来这里,但对房子的布局无比熟悉,这本身就是一个迹象,表明她和这所房子彼此契合。她的思想甚至跑到地窖去了,而她本人并没有下去,她仿佛看到地窖台阶长满了青苔。她懒洋洋地想,那儿是不是长着蘑菇,不是橘黄色斑点的那种,而是淡淡的白色,吃了会中毒。蘑菇似乎也是这所房子的入侵者。

她的思绪回到了她所站的光秃秃的房间，房间里那些无礼的"居民"随风摆动着，摇晃着，奔跑着。

居民就是稻草、常春藤叶和蜘蛛：它们占据这所房子太久了。它们不付房租，却在地板、窗户和墙壁上来去自如，轻轻松松。这正是斯莱恩伯爵夫人所需要的陪伴。她已经受够了忙乱，受够了竞争，再也不想看到野心家明争暗斗。她想和悄然进入空房子里的东西融为一体，虽然她不像蜘蛛那样会织网。她会满足于在微风中飘动，在阳光下变成绿色，在岁月的长河中随波逐流，直到死亡轻轻地把她推出去，并在她身后关上门。当这些外在的东西支配着她的意志时，她只希望听之任之。但是，她首先必须弄清楚能否租下这所房子。

楼下传来了轻微的响声，她竖起耳朵听着。是开门声吗？巴克特劳特先生来了？约定的时间是四点半，已经到了。她想，她还是必须和他见上一面，虽然她讨厌公事。她宁愿像稻草、常春藤和蜘蛛那样占有这所房子，希望把自己加到它们的行列里去。她叹了口气，预感到她还有很多事情要完成，才能安安静静地坐在花园里。要签很多文件,吩咐各种事情,选择窗帘和地毯,调动各种人员,让他们拿着锤子、铁钉、针和线来干活,接着,她本人和她的物品才能经过最后一次旅程,在房子里安顿下来。为什么人不能拥有阿拉丁的戒指呢?无论如何简化,都无法完全摆脱生活复杂的一面。

她突然想到,三十年前她看到过名字的那个巴克特劳特先生,很可能已经被某个能干的小伙子取代了。她从栏杆上往外张望,只见一位看起来很和善的老先生站在大厅里,这使她大大地松了一口气。透过栏杆看,老先生整个人奇怪地缩短了。她俯视着他的秃顶,又往下看到了他的肩膀,但看不到他的身体,只能看到两只漆皮鞋的鞋尖部位。他站在那里犹豫不决,也许并不清楚客户已经到了,也许他不在乎。她认为他更可能是不在乎。他似乎并不急于找出答案。斯莱恩伯爵夫人蹑手蹑脚地向下走了几步,以便更清楚地观察来人,只见那人穿着一件长亚麻布大衣,像个油漆工,红扑扑的脸颊圆圆胖胖,他的一根手指按在嘴唇上,显得有些调皮淘气,像是在想什么问题似的。她看着这个奇怪的小人儿,琢磨着他到底要做什么。那根手指一直按在唇上,仿佛是希望其他人都保持安静。他蹑手蹑脚地穿过大厅,走到墙上的一块污迹跟前,显然那里曾经挂过一个气压计。然后,他像啄木鸟啄树一样迅速地敲着墙壁,随即摇了摇头,嘴里嘟囔着:"掉下来了!掉下来了!"他撩起外衣的下摆,做了两个漂亮的单脚尖旋转动作,便又回到了大厅中央,一只脚优美地在身前点了一下。

"巴克特劳特先生吗?"斯莱恩伯爵夫人走下楼说道。

巴克特劳特先生轻跳了一下,换成另一只脚点地。他顿了顿,欣赏了一下自己的脚背,这才抬起头来。"斯莱恩伯爵夫人?"他说着,彬彬有礼地鞠了一躬。

"我在屋里转了一圈。"斯莱恩伯爵夫人说,和这个怪人在一起,她倒是感觉很自在,立刻与他产生了共鸣。

巴克特劳特先生松开衣摆,像其他人一样双脚站立。"啊,是的,房子。"他说,"我都忘了。气压计是掉了,但谈正事就该有谈正事的样子。你想看看房子吗,斯莱恩伯爵夫人。房子很漂亮,我不舍得把它租出去。你知道的,这房子是我的。我是业主,也是经纪人。我若只是一个经纪人,代表业主行事,我就会觉得自己有责任,只要有可能就把房子租出去。这就是房子空置这么长时间的原因。有很多人想租,可是我一个都不喜欢。但你可以随便看看。"他稍微强调了一下"你"。

"看过了。"斯莱恩伯爵夫人说道,"看房人带我看过了。"

"当然。那女人可怕极了,讨人嫌,眼里只有钱。你给她小费了吗?"

"是的,"斯莱恩伯爵夫人笑着说,"我给了她半克朗。"

"啊,那可糟了。不过现在说什么都太迟了。嗯,你已经看过房子了。都看过了吗?三间卧室,一个浴室,两个盥洗室一个在楼上,一个在楼下,接待室有三间,一个休息厅,还有几处可以办公的地方。有自来水,有电灯。花园半英亩大,几棵果树都是老树了,其中有一棵是桑树。地窖很不错。你喜欢吃蘑菇吗?地窖里可以种蘑菇。我发现女士们很少有喜欢酒的,所以还不如用地窖来种蘑菇。我还从没遇到过有哪位女士愿意费力把葡萄酒弄到地窖里去。那么,斯莱恩伯爵夫人,既然你已经看过房子了,你觉得怎么样?"

斯莱恩伯爵夫人犹豫了一下,脑子里闪过一个不切实际的念头,想把她在等巴克特劳特先生时产生的想法原原本本地告诉他。她相信他会严肃地接受她所说的一切,并且不会感到惊讶。可她强忍住了这个冲动,只是带着准房客应有的谨慎和缄默说:"我想这房子很适合我。"

"啊,但问题是,"巴克特劳特先生又把手指放在嘴唇上,说,"你对房子来说适不适合?我觉得你可能适合。况且,反正到了世界末日,你也不需要房子了。"

"但愿我自己的大限会在那之前到来。"斯莱恩伯爵夫人微笑着说。

"不会的,除非你真的很老了。"巴克特劳特先生严肃地说，"还有两年就是世界末日了，我可以通过一些简单的数学计算来说服你。也许你的数学并不好。女士们都不怎么精通数学。但如果你对这个话题感兴趣，等你安顿好了，我可以来找你喝茶，到时候为你演示一番。"

"这么说，我可以在这里住下了，是吗？"斯莱恩伯爵夫人说。

"我想是的，是的，我想是的。"巴克特劳特先生歪着脑袋，斜睨着她说，"看起来很有可能。否则，为什么过了三十年，你还记得这所房子……你在信里是这么说的……我为什么拒绝了那么多房客呢？这两件事看似毫无关联，就像沿着不同的弧线运动，却在一个点上相交，得到了相同的结果，不是吗？我是几何命理的忠实信徒。要是哪天我能来喝茶的话，我想给你讲讲这个。当然，如果我只是经纪人，我绝不会建议房主来找你喝茶。这不合规矩。但我也是房主，我觉得说完了正事，我们就可以平等相待了。"

"确实，巴克特劳特先生，我希望你什么时候想来就什么时候来。"斯莱恩伯爵夫人说。

"你真是太客气了,斯莱恩伯爵夫人。我这人没什么朋友,而且我发现,年纪越大,就越依赖同龄人的陪伴,还会远离年轻人。他们叫人疲倦,也令人不安。现在我几乎不能忍受和七十岁以下的人相处。年轻人就喜欢强迫别人憧憬生活,努力奋斗。老年人则允许别人回顾一生,相信他们再也不必做出任何努力。这才是平稳恬适的生活。斯莱恩伯爵夫人,休息是生活中最重要的事之一,但能做到的人又有多少呢?又有多少人渴望得到休息呢?这是岁月强加在老年人身上的。他们要么体弱多病,要么疲惫不堪。但他们中有一半人仍然很怀恋年轻时旺盛的精力。真是大错特错啊。"

"无论如何,索性我不曾犯过这样的错误。"斯莱恩伯爵夫人说,她向巴克特劳特先生吐露了自己的心事,感觉如释重负。

"是吗?那么我们至少在一个重要问题上达成了一致。二十岁太可怕了,斯莱恩伯爵夫人。这就像在全国越野障碍赛马的赛道上骑马一样糟糕。肯定会掉进竞争之溪,在失望的篱笆上摔断腿,在阴谋的铁网上绊倒，在爱情的障碍上伤透心。人老了，就可以像骑手在比赛结束后的晚上那样，扑倒在床上，心想：好吧，我再也不用骑那条赛道了。"

"可是你忘了，巴克特劳特先生，"斯莱恩伯爵夫人说，一边沉浸在自己的回忆中，"人年轻时喜欢危险的生活，也渴望危险的生活，并不觉得害怕。"

"这话不假。"巴克特劳特先生说，"我年轻那会儿当过轻骑兵，最大的乐趣是猎野猪。我向你保证，斯莱恩伯爵夫人，看到长着凶猛獠牙的野猪向我扑来，我的人生真是达到了巅峰。现在我家里就有几副制成标本的野猪獠牙，我很乐意给你看看。但我没有野心，并不希望在军队里一路高升。我一点也不想在我的军团当上指挥官。我辞去了军中的职务，因为我深知沉思的乐趣比活动的乐趣更深刻。"

听着巴克特劳特先生古怪而生硬的话语，斯莱恩伯爵夫人不禁联想到了他当轻骑兵的样子，感到非常好笑，但她很小心地掩住了笑意。她认为有理由相信他确实不想在军队里出人头地。她发现他完全合她的意。不过，她想，还是有必要唤回他的思绪，谈一些实际的事情,虽然天知道,这种漫无目的的谈话对她来说是一种全新的奢侈与放纵。"关于房子,巴克特劳特先生——"她说道,就像嘉莉在珠宝交接完后重新谈起之前的话题一样。往日在总督府的作风复归,巴克特劳特先生只好放下在灌木丛中猎野猪的回忆,再度聚焦在汉普斯特德出租房屋的问题上。"我喜欢这所房子。"斯莱恩伯爵夫人说,"而且,显而易见的是,"她说着笑了笑,总督府特有的威严神态消失不见了,"你愿意把房子租给我。那我们就来谈正事吧。房租是多少?"

他看了她一眼,眼睛里满是惊诧。显然,在这段时间里,他又变成了轻骑兵,只顾着猎野猪,全然忘记了自己身为房主和经纪人的身份。这次他把手指放在鼻子上,问了斯莱恩伯爵夫人几个问题,为自己争取时间思考。他似乎并不喜欢这个问题,可残余的商业培训知识在拉扯他,猛拽着他脑海里的弦。自然,在他的世界里,租金并不太重要。斯莱恩伯爵夫人也是如此。因此很难想象这样两个人居然在一起讨论租金问题,既显得极不协调,却又是那么和谐。"租金嘛……租金嘛……"巴克特劳特先生说，好像在努力回想他曾经很熟悉的某个外语单词。

接着，他的脸上浮现出了血色。"当然，房租。"他轻快地说。"先租一年吧，可以吗？"他说，回顾了五十年前身为轻骑兵猎野猪的时代后，他终于想起了该怎么说话。"租一年以上就不值得了。"他又说，"你随时都可以搬走，想来你的儿女也不愿意接手这座房子。我认为，在这个基础上，我们可能达成令人满意的协议。我喜欢短租，过不了多久，我就能把房子收回来。斯莱恩伯爵夫人，我个人虽然突然对你产生了偏爱，但还是希望这栋特别的房子过不了多久就可以回到我的手里。单从这一点来看，你对我来说就是非常适合的房客了。当然，也有其他的原因，就像在生活中总是有这样的原因一样，但为了正事，我必须暂时忽略它们。那些原因纯粹是从感情角度出发的，比如我很希望你能住在这栋特别的房子里（以房主的身份说这话，而不是以经纪人的身份），又比如我可以期待与你一起愉快地享用下午茶，你这么通情达理，所以我有些事很想给你讲讲。这些考虑必须暂时搁置一边。我们是来讨论租金问题的。"他点了点一只脚,接着镇定下来,把脚收回,还用满意和胜利的目光打量着斯莱恩伯爵夫人。

斯莱恩伯爵夫人想,他这一番话说得真是巧妙,令人钦佩。我租下这所房子,租期确实不该超过一年,否则就不值得了,因为我随时都可能被装在棺材里抬出房子。但如果他比我先死呢?我当然是上了年纪,可他也不年轻了。两个离人生终点不远的人,说起话来还这么瞻前顾后,实在是荒谬。无论死亡的迫近多么沉重地压在心头,人们也不愿意直接把死这个字挂在嘴边。因此,斯莱恩伯爵夫人没有指出巴克特劳特先生的论点中可能存在的谬误,只说:"一年的租期对我很合适。但是,你还是没有回答租金是多少的问题。"

巴克特劳特先生像是被逼入了绝境,露出一副尴尬的样子。虽然他既是房主又是经纪人,但他这样的人讨厌看到自己的美好想象沾染金钱的铜臭。此外,他满心愿意让斯莱恩伯爵夫人做房客。他敷衍道:"斯莱恩伯爵夫人,我也有个问题要问你。你愿意付多少房租?"

此话仍旧委婉而体贴,斯莱恩伯爵夫人想。他没有说:"你能付多少房租?"这种避重就轻,就如同两只求偶的鸽子一样绕着彼此走,变得可笑起来。换成亨利,一定会用冷酷理性的斧头劈砍在他们之间,拆解开如此局面。然而她很喜欢这个古怪的小个子男人,她很感激,而且是由衷地感激自己当初没有同意嘉莉跟来。嘉莉会像她父亲一样激烈地干涉,把逐渐形成的关系冲破。这种关系就像一艘用吹制玻璃制成的小帆船一样迅速而精巧地形成,每一部分在离开吹管接触空气时会立即变硬,但仍然很脆弱,即使是一个只能激起微微涟漪的错音,也能让它四分五裂。斯莱恩伯爵夫人有些退缩,但还是说了一个很大的数目。巴克特劳特先生立刻将其减半,可这个数目又太少了。

但他们达成了和解。虽然不是每个人都这样处理正事,但这样的方式很适合他们。分别时,二人都很高兴。

嘉莉发现母亲很奇怪,并不愿意过多提起租房的事。是的,她去看过房子了,也见过了那位经纪人,还的确准备把房子租下来。租期为一年。嘉莉提高音量问,要是有人出更高的租金,经纪人把她赶出去怎么办?斯莱恩伯爵夫人睿智地笑了。她表示经纪人绝不会把她赶出去。嘉莉则说,经纪人都极为贪婪,这也很自然,毕竟他们是干这一行的。那么,母亲怎么确定一年租期到期,她不会被迫另找房子呢?斯莱恩伯爵夫人说,她认为这种事不可能发生。巴克特劳特先生不是那种人。好吧,可是,嘉莉恼火地说,巴克特劳特先生总需要养活自己,不是吗?生意就是生意,又不是在搞慈善。她问母亲是否安排好了修缮和装修的事?既然她左右不了租约的事,便赶紧转到别的话题上。需要贴壁纸和粉刷墙壁吗?屋顶漏水吗?母亲想过这些事吗?嘉莉多年来一直代替母亲做决定,此时此刻,强烈的屈辱和焦虑将她团团包围,而她又不能随心所欲地发泄愤怒,于是焦虑更甚。她总不能在一位八十八岁的老太太面前作威作福,那实在说不过去,毕竟这位老太太突然暗示说,她都八十八岁了,有能力处理自己的事了。嘉莉确信自己无力改变这样的情况。如今遭到"罢免",她在惊愕之余,真正担心的是看到母亲正无可救药地走向最可怕的混乱境地。然而,斯莱恩伯爵夫人平静地回答说,巴克特劳特先生已经答应为她找好木匠、油漆工、水管工和室内装潢工。她表示,嘉莉真善良,还为此担心,但完全没有这个必要。她和巴克特劳特先生会把所有事都打理妥当。

嘉莉心想,现在甚至都没必要谈"装修估价"这种事了。母亲已经彻底脱离了她,进入了一个由感情而不是理智支配的世界。在这个世界里,人们把别人的体贴和美好的感情视为理所当然。嘉莉很清楚,这个世界与地球上的任何东西都没有关系。这和她母亲对珠宝的异常冷漠和迟钝都是一回事。有哪个理智的人,会白白交出价值五千,甚至七千英镑的珠宝呢?有哪个有恰当认知能力的人会不明白,嘉莉和拉维尼娅至少应该分得一份呢?更别提还有伊迪丝。他们不会吝惜,一定会分一枚胸针给可怜的伊迪丝的。毕竟,伊迪丝也是父亲的女儿。可母亲把所有的珠宝都送给了长子,仿佛那是一堆没用的木料,就像现在,她居然把自己和钱包高高兴兴地交在一个名叫巴克特劳特的老骗子手里。

然而,嘉莉和兄弟姐妹们没完没了地谈论这件事,从中得到了很大的安慰。这下,他们反倒更团结了。他们高高兴兴地聚在茶桌边。由于便宜,他们最喜欢下午茶这一餐。没有人在意别人一直在重复同一件事,甚至说的话都一模一样。他们每次听到都会表示赞同,还频频点头,仿佛获得了什么很有启发性的新发现似的。在这一再的断言中,嘉莉和兄弟姐妹们都大大地恢复了信心。一件事说得多了,就成了真的。他们把足够多相似式样的木桩敲进去,在自己和生活中的种种危险之间筑起了一道栅栏。从父亲去世后到葬礼举办前的这段时间里频繁出现的"母亲真棒"这句话很快就消失了,现在他们挂在嘴边的是"亲爱的母亲,真是一点也不实际"。在威廉和拉维尼娅住的女王门大街,嘉莉和罗兰住的下斯隆街,查尔斯的公寓所在的克伦威尔路,以及赫伯特和梅布尔住的卡多根广场,他们凭借着值得称道的毅力,把这些话说了一遍又一遍。他们根本奈何不了软弱且无可救药的母亲，只能谈论这件事，从而减少几分挫败。母亲总是逆来顺受，如今却完全征服了他们，偏要去汉普斯特德租房子，还要与那个巴克特劳特先生为伍。他们谁也没有见过巴克特劳特先生。母亲并不允许他们去见他，甚至连嘉莉也不可以。她本来提出开车送母亲去，可这个提议也被拒绝了。可越是见不到他，他们心里怀疑的种子就越发展壮大。他成了他们口中"迷惑母亲的那个人"。若不是斯莱恩伯爵夫人早就如此随意地把所有的珍珠、玉石、红宝石和翡翠都交给了赫伯特和梅布尔，他们一定会怀疑，在巴克特劳特先生的哄骗下，她会把宝贝都给他。这位巴克特劳特先生在租约的问题上含糊不清，却又热心地帮忙寻找木匠、油漆工、水管工和室内装潢工，肯定是个大骗子，不然他为什么要这么做？哪怕是最好的情况，在嘉莉及其兄妹看来，他也是为了赚点黑心钱。

然而，巴克特劳特先生已经与戈什隆先生谈妥，找他来修缮房屋。

"你必须明白，"他对这位可敬的商人说，"斯莱恩伯爵夫人虽然地位很高，但收入有限。戈什隆先生,可别以为贵族就一定富可敌国。一位绅士当过印度总督和英国首相,并不意味着他的遗孀就拥有很多的遗产。戈什隆先生,我们的公共服务是基于完全不同的原则运作的。因此,戈什隆先生,你有责任尽可能压低报价,只留下合理的利润。作为一名经纪人,同时也是一名业主,我在这方面倒也有些经验。我向你保证,我将全权代表斯莱恩伯爵夫人核查你的预算,就像这是我自己的事一样。"

戈什隆先生向巴克特劳特先生保证,他绝不会占伯爵夫人的便宜。

热努从第一次见到戈什隆先生起,就对他产生了好感。"这位先生,"她说,"对自己的行当还真是精通。就比如说,他很清楚窗帘的承重是多少。他还很会刷油漆,不会黏住其他东西。"她又说:"干得真不错,不光便宜,水平还高,我喜欢。[1]"热努和斯莱恩

---

[1] 原文为法语:Voilà un monsieur qui connaît son travail. Il sait par exemple, quels weights il faut mettre dans les rideaux. Et il sait faire de la peinture pour que ça ne stick pas. J'aime, le bon travail - pas trop cher, mais pas de pacotille。——译者注

伯爵夫人没有带上嘉莉,与巴克特劳特先生和戈什隆先生一起度过了好几天非常快乐的时光。斯莱恩伯爵夫人很喜欢戈什隆先生,甚至连对他的外表也青睐有加。他看上去非常体面,总是戴着一顶老旧的圆顶硬礼帽,由于戴得时间太久,帽子有些发青。即使在室内,他也不会将其摘下,但为了表示对斯莱恩伯爵夫人的敬意,他会把帽子的后檐向前倾一倾,再把帽子戴正。年轻时,他的头发是棕色的,但现在都已变得灰白,还非常稀疏,每次他一歪帽子,头发都会变得凌乱,所以在帽子扬起后,总有一缕头发从后面伸出来,斯莱恩伯爵夫人注意到了这一点,头发的主人却一无所知。他的耳朵后面总是别着一支铅笔,这支铅笔很宽,铅芯很软,除了在木板上做记号外,什么也做不了,但斯莱恩伯爵夫人只见过他用这支铅笔来挠头。她很快就从他身上看出,他这样的工匠,只要看到不是自己做的东西,就会忍不住吹毛求疵一番。"这东西做得太差了。"戈什隆先生一边检查厨房灶台的风门,一边嘟囔着说。他总是故意暗示,如果把工作交给他,他会干得好得多。不过,他同时也暗示,像他这样有经验的人能拨乱反正,可以修补蹩脚的物件,只是不容易做到十全十美。他不怎么爱说话,在巴克特劳特先生面前显得闷闷不乐,只是偶尔才爆发一次。每次他说个不停,斯莱恩伯爵夫人都听得津津有味,比如他突然讲起了装有石棉屋顶的可拆卸房屋。这种情绪爆发并不多见,因而更有价值。"夫人,我不能理解,"他说,"人没有美怎么能活下去。"松木板只要严丝合缝,戈什隆先生就可以看到其中的美,尽管他更喜欢橡木板。"想想看,"他说,"居然有人刷漆,纹路都被遮住了!"戈什隆先生并不年轻了,至少有七十岁,而他研习的传统可以追溯到一百多年前。"这些卡车,"他说,"都要把墙震倒了!"一向进步的亨利·斯莱恩伯爵在卡车中看到了美,就像戈什隆先生在做工精良的木板中看到美一样。但多年来一直忠实地追求卡车之美的斯莱恩伯爵夫人,此时摆脱了桎梏,重新拾起了与自己更加契合的价值观。她可以和巴克特劳特先生与戈什隆先生愉快地相处几个小时,而热努跟在一旁,他们四个人就像一个团结的合唱团。热努笔直地站着,牛皮纸衬里咯吱作响，她这一生对世人普遍称道的规矩全然不屑一顾，却非常欣赏巴克特劳特先生和戈什隆先生，甚至说爱他们也不为过。他们和夫人的几个子女是截然不同的人，这种不同叫人费解，却也令人愉快！然而，对于夫人的孩子们，热努依然怀有敬畏之情。两位老先生似乎真心实意地希望斯莱恩伯爵夫人既能称心如意，又能省掉一切开销。当她试探性地提出在浴室里装玻璃架子或别的什么东西，他们就会如同盟友一般对视一眼，眨眨眼睛，都说他们认为可以做到。热努正希望看到有人这样真心对待夫人，仿佛她珍贵又脆弱，无私且慷慨，需要别人来保护，因为她永远不会为自己争取。以前从来没有人这样对待过她。先生当然爱她，总是保护她远离麻烦（先生向来对每个人都彬彬有礼），但他的个性太过霸道强势，别人自然只能居于他的阴影笼罩下。她的孩子们也爱她，至少热努是这么认为的，因为对热努来说，即使过了六十岁，孩子也不应该不爱自己的母亲，这是不可想象的。但有几次，热努根本不赞成他们对待母亲的方式。比如夏洛特女士，她真是太专横了，想什么时候到榆树公园大街来就什么时候来，光是这一点，就足以使一个胆小的老太太吓得发抖。她话语背后隐藏着的不耐烦经常都清晰可闻。在热努看来，除了伊迪丝女士和凯先生之外，另外几个都太精力充沛了。他们让可怜的母亲忙得团团转，还大声说话，理所当然地认为她的能力和他们一样强。有一次，斯莱恩伯爵夫人和威廉先生出去，她提议乘出租车。威廉先生偏不同意，说大可以坐巴士。热努一直为他们撑着出租车前门，恨不得从自己的钱包里拿出十八便士给威廉先生付车费。她现在真希望自己当时把钱给了威廉先生，也好讽刺讽刺他。把一位八十八岁的老太太当作只有六十五岁的人对待，并不合理。热努自己只比斯莱恩伯爵夫人小两岁，每次她不得不在榆树公园大街的大厅里为斯莱恩伯爵夫人穿上雨鞋，再递给她一把雨伞，让她冒雨外出时，她就气不打一处来。这是不对的，尤其是考虑到斯莱恩伯爵夫人以前过惯的生活：坐在大象上，驯象人在后面为她撑着阳伞。比起榆树公园大街，热努更喜欢加尔各答。

但在汉普斯特德，多亏了巴克特劳特先生和戈什隆先生，气氛融洽和谐。这里的生活简单得很，没有成群的奴仆，没有王孙贵族，生活虽然朴实，却温暖热烈，人们恭敬且警惕，还那么慷慨，这才是生活应该有的样子。至于巴克特劳特先生，热努认为他为人处世的方式非常高贵。他这人是有点怪，却不失为一位绅士，还是真正的绅士。他的想法很古怪，却精彩异常，他本人一向都是从容不迫的模样。明明在谈着正事，他会突然停止，转而谈论起笛卡儿或哪种样式能叫人称心如意。他说样式并不是指墙纸上的图案，而是人生的模式。戈什隆先生也从不着急。有时，在评价一样东西的时候，他会从脑后抬起圆顶礼帽，用铅笔挠挠头。他很少说话，说话的声音还总是很低。见到现代社会工艺日渐衰败，他痛心疾首。他不肯雇用工会推荐的人，自己召集了一群工人，其中大部分是他亲自培训的，这些人的年纪都很大，热努有时真担心他们会从梯子上摔下来。工人们也参与进来，一门心思要取悦斯莱恩伯爵夫人。一看到她来，他们总是满面笑容，摘下帽子致意，还赶紧把油漆罐挪开。然而，尽管屋子里弥漫着悠闲的气氛，工作却进展得很快。每次斯莱恩伯爵夫人来汉普斯特德，都有一些小小的惊喜在等待着她。

巴克特劳特先生甚至给她准备了一些小礼物，不过他体贴周到，送的礼物很简单，也并不名贵，她接受了也不会感到尴尬。有时是一株植物，用来栽种在她的花园里，有时是一瓶花，摆在空房间的窗台上，绽放出奇异的光彩。他解释说，他不得不把礼物放在窗台上，毕竟桌子和其他家具尚未运进来。但斯莱恩伯爵夫人怀疑他其实更喜欢窗台，把礼物放在那里，到了他估算的房客抵达时间，太阳的光线正好落在窗台上。有时，为了逗他，她故意迟到半小时，但他不会被打败。有一次，旁边一个直径三英寸的圆环湿痕暴露了他的秘密：原来看到她迟到，他就又上楼去，把花移到了阳光下。

斯莱恩伯爵夫人心想，看到自己的怀疑得到证实，她居然这么愉快，可见人到了老年，小小的快乐都能叫人满足。她疲惫不堪，虚弱无力，随时准备离开这个世界，却仍然可以和巴克特劳特先生、戈什隆先生玩玩小游戏来自娱自乐。有时，伴随着逐渐消逝的音乐,他们一起跳小步舞,这也许有些做作,却象征着某种她从未和自己的孩子们一起做到的现实。做作在于方式,真实在于人心。当尊重发自真心,礼貌便不再是空洞的做作,简直成了体面而内敛的优雅,是可以表达更深刻感情的方式。

他们三个都太老,感官不再敏锐,并不能再与别人竞争,尽智竭力地取胜。他们只能重新跳起老式节拍的小步舞曲,在这种舞曲中,绅士的鞠躬表达了对女性的感激与殷勤,女士用扇子扇起的微风,甚至都不足以吹动她们的发丝。那就是老年,这个年纪的人对一切都了如指掌,除了用象征来表达,他们再也负担不起其他的方式。往昔那些日子已经一去不复返了,曾经,感情冲破了束缚,那些从熔炉中炙热流淌出的日子已经一去不返,那时内心经常被复杂而矛盾的欲望撕扯。现在,所剩无几的只是单色的风景,轮廓依旧,只是色彩已全部褪去,话语消失了,只剩下了动作来代替言语。

在巴克特劳特先生送上的小礼物中,斯莱恩伯爵夫人最喜欢的是鲜花。她开始发现巴克特劳特先生显露出的许多小才能,而插花则是他的拿手好戏。他将各种颜色的花插成不同的样式,组合大胆又令人惊讶,更像一幅静物画,而不是一束鲜花,却洋溢着任何颜料都无法描绘出的生命力。他把花放在窗台上,花儿在阳光下闪闪发光,在周围光秃秃的木板和灰泥的衬托下更显娇艳,那光似乎是从鲜花的纹路里面释放出来的,而不是从外面照过来的。他的创造力从未有过减弱,这个礼拜,他会插出一束吉卜赛人一般艳丽的鲜花,蓝色、紫色和橙色的花竞相斗艳,可到了下个礼拜,花束就变成了低调的淡色,全是玫红色和灰色,点缀着一点黄色,柔软如羽毛的小花枝上闪动着淡淡的奶黄色。深谙绘画之道的斯莱恩伯爵夫人十分欣赏他的创作。她说巴克特劳特先生很懂艺术。热努以前不喜欢家里有花,花瓣总是掉在桌子上,最后只好扔掉,弄得废纸篓里一片狼藉。可有一天,就连热努也说"先生应该做个花商[1]"。渐渐地,看到自己的努力得到了欣赏,他的奉献变得更具个人风格。除

---

1 原文为法语:Monsieur aurait dû se faire floriste。——译者注

了花瓶里的花，他还另外准备一束花，让斯莱恩伯爵夫人别在肩上。第一次出现了一点小麻烦，她为了不让老先生失望，在身上的花边和褶边下面找了一遍，却连一个别针也没找到，此后他总是给她带一个很大的黑色安全别针，牢牢地别在包裹着花束茎秆的银纸上，斯莱恩伯爵夫人便拿来使用，不过她自己也有先见之明，小心翼翼地随身带别针。在这样的小事中，他们建立了默契，对彼此以礼相待，关系变得愈发紧密。

一天，她问他为什么要为她如此大费周折，为什么他要大包大揽，为她找到戈什隆先生，监督他的估价，检查工作的每一个细节？这并不是经纪人的本分，哪怕是房主，也不必如此费神费力。巴克特劳特先生立刻严肃起来。"斯莱恩伯爵夫人，我一直在想你会不会问我这个问题。"他说，"我很高兴你这么问了，我向来都很喜欢主动解开错综复杂的误会。你说得对，这不是什么本分。可以说，我这么做，是因为我没有什么别的事可做，只要你不反对，我就感谢你给了我这份差事。"

"不,这不是原因。"斯莱恩伯爵夫人说,虽然有些害羞,但态度坚决,"你为什么这样对我感兴趣?你看,巴克特劳特先生,你为了我监督戈什隆先生,而事实上,他比我所见过的任何商人都更不需要监督。而且,从一开始,你就尽可能免去我的一切麻烦。我也许不太精通实际的问题,"她带着迷人的微笑说,"但我还算有些阅历,知道人们通常不会像你这样做生意。再说,我的女儿夏洛特……好吧,别管我的女儿了。事实是我很困惑,也很好奇。"

"我不希望你把我当成傻瓜,斯莱恩伯爵夫人。"巴克特劳特先生非常严肃地说。他犹豫了一下,好像不知道该不该向她吐露秘密,随即又急急忙忙地说了起来。"我不是傻瓜,"他说,"我也不是幼稚的老头。我不喜欢孩子气和所有这些垃圾。我对那些假装看不清世界真实面目的人没有一丝半点的耐性。这个世界太可怕了,斯莱恩伯爵夫人。说它可怕,是因为它是建立在竞争和斗争的基础上的,实际上,人们并不清楚自己是习惯了这种斗争,还是觉得斗争是必要的。这是一种异乎寻常的错觉,还是生命的法则?也许文明最终会把我们从动物法则中解放出来?目前在我看来,斯莱恩伯爵夫人,人类所有的计算都建立在一个从根本上来讲就是大错特错的数学体系之上。他们的计算符合他们自己的目的,因为他们把星球塞得满满的,迫使它接受他们的前提。根据其他法则来判断,尽管答案仍然是正确的,前提却透着疯狂。创意是足够巧妙,但太过疯狂。也许有一天,一个真正的文明会出现,在我们所有的答案上都写一个大大的'错'字。但在那之前,还有很长的路要走,很长很长。"他摇了摇头,脚尖一点,陷入了沉思。

"那么你认为,"斯莱恩伯爵夫人说,她知道自己必须把他从恍惚中拉回来,"有人反对这种异乎寻常的错觉,就是在帮助文明向前推进?"

"确实如此,斯莱恩伯爵夫人。我当然是这么认为的。但在目前的世界,这是一种奢侈,只有诗人或老年人才负担得起。我向你保证,那时候我离开军队,刚开始经商,我也是个狠人。没错,就是心狠。这个词非常合适。没人能从我这里讨到一点便宜。我的手段越是狠辣,赢得的尊重就越多。让你的对手发现你与他们旗鼓相当,才是迅速赢得尊重的最好办法。从长远来看,其他方法也可能为你赢得尊重,可若要短期见效,没有什么比给自己定一个很高的价值并强迫别人接受更好的了。谦虚、节制、体贴、细致:这些都没有好处。做起来不划算。我以前有个同事,斯莱恩伯爵夫人,他一定会告诉你,在我那个年代,我是一个不折不扣的顶级大佬。"

"你什么时候放弃了这些冷酷无情的原则,巴克特劳特先生?"斯莱恩伯爵夫人问。

"你不会怀疑我在吹牛吧,斯莱恩伯爵夫人?"巴克特劳特先生盯着她问道,"我告诉你这一切,是为了让你明白,天真不是我的弱点。就像我说的,你千万不要以为我是个傻瓜。我什么时候放弃了这些原则?好吧,我定了一个期限。我决定到六十五岁就不再经商了。在我六十五岁生日那天,或者更准确地说,是在我六十六岁的第一天,我醒来时便成了一个自由人。我的职业一直只是磨炼,而并非我的个人意愿。"

"那这房子呢?"斯莱恩伯爵夫人问,"你告诉过我，三十年来，你遇到不喜欢的房客，就不让他们租房子。这当然取决于你的个人意愿，不是吗？这可不像是在做生意。"

"啊，"巴克特劳特先生把手指放在鼻子上，说，"你太精明了，斯莱恩伯爵夫人。你的记忆力真不错。不过，不要对我太苛刻，这所房子一直是我干过的一件荒唐的小事。或者我应该说，这是我做过的一件理智的小事。我喜欢用词精确。我明白了，斯莱恩伯爵夫人，你挺喜欢戏弄人。我没有无礼的意思。要是女士们不开玩笑，我们就有可能把自己看得太高。你知道，我一直有个想法，我希望在这所房子里度过余生，所以我自然不希望我不喜欢的人住进来，破坏这里的气氛。你可能已经注意到……你肯定注意到了……房子里弥漫着出奇成熟和超然的气氛。我非常小心地维护着那种气氛，人虽然不能创造气氛，但至少可以保护它不受干扰。"

"可是，如果你想自己住在这儿……好吧，要是你想在这里走完人生，"斯莱恩伯爵夫人看到他举起一只手，正要纠正她，便改口说道，"你为什么要把房子租给我呢?"

"啊,"巴克特劳特先生用安慰的口吻,轻松地说,"就算把房子租给你,斯莱恩伯爵夫人,也不太可能妨碍我的打算。"

巴克特劳特先生虽然彬彬有礼,在这方面却毫不多愁善感,他毫不讳言斯莱恩伯爵夫人只会在这所房子中住一段很短的时间。每次他总说不值得,劝她不要花不必要的钱。她提出安装中央供暖系统,他便提醒她,在这最后的住所里,她根本过不了几个冬天。"当然,"他同情地补充说,"在可能的时候,没理由不让自己过得舒舒服服。"热努无意中听到了这句话,便借由宗教信仰来表达愤怒:"所以先生认为天堂里没有暖气?上帝无所不能,你对他的看法有些过时了。[1]"尽管如此,巴克特劳特先生仍然坚持己见,认为光是点上油灯,就足以使房间暖和起来。他算出了

---

1 原文为法语:Monsieur pense donc qu'il n'y a pas de radiateurs au paradis? Il se fait une idée bien mièvre d'un Bon Dieu peu up-to-date。——译者注

她们一个冬天要消耗多少加仑石蜡，并将其与购买炉子和穿墙安装管道的费用做了比较。"但是，巴克特劳特先生，"斯莱恩伯爵夫人不无敌意地说，"作为业主和经纪人，你应该鼓励我安装中央供暖系统。想想看，要是安装了暖气，肯定对以后的房客有很大的吸引力。""斯莱恩伯爵夫人，"巴克特劳特先生答，"至于怎么照顾以后的房客，与我为现在的房客着想，没有任何关系。这一直是我的生活准则。正因如此，我才能够保持我的人际关系清楚明确。我相信任何事都应该分得清清楚楚，含糊不清不是我的风格。大多数人都会犯这样的错误，把自己的一生弄得乱糟糟的，谁都不满意，自己尤其不满意。妥协就是否定。我有个原则：哪怕会冒犯到其他人，也要全心对待一个人，让他高兴，不要同时取悦很多人，毕竟无法面面俱到。我这辈子得罪过许多人，但没有一次后悔。我相信必须做出对当下最好的选择。生命如此短暂，斯莱恩伯爵夫人，我们必须在它飞快流逝时抓住它的尾巴。沉湎于过往或畅想未来，都是没有意义的。昨日已成往事，明日仍未可知。上帝知道，连今天也未必稳固。因此，容我告诉你，"巴克特劳特先生用《圣经》里的话说，同时一点脚尖，强调自己的话，"不要花钱安装中央暖气，毕竟你并不清楚自己能用多久。后面的房客大可以在地狱享受暖气。我现在是要劝劝你。我的建议是，买一盏油灯，就算多买几盏也没问题。用煤油灯足以取暖，还可以经常更换灯芯。"他转而轻点另一只脚，还撩了撩他的燕尾服，用这夸张的动作结束了这番话。戈什隆先生有些尴尬，歪了歪帽子。

斯莱恩伯爵夫人发现，他之所以坚信她不会租太长时间，有两个原因：一是巴克特劳特先生估算了她的年龄，二是他预言世界末日即将来临。他谈论这个话题的态度非常严肃，并没有因为热努和戈什隆先生在场而有所顾忌，而他们两个宁愿回避这类话题，一个只想谈床单毛巾柜，另一个愿意聊的则是水浆涂料。热努的床单还是等等吧，戈什隆先生那些微型满月般的小色盘，像什么庞贝红、石头灰、橄榄绿、虾粉，也得等一等了。巴克特劳特先生只专注于永恒这个问题，对床单毛巾柜和水浆涂料则兴致寥寥，所以他只是敷衍了事。他充其量只能忍受聊上五分钟，不能再久了。之后，他会讽刺戈什隆先生，说他的码尺长度因不同的房间而有所变化，或是从北到南，或是从东到西，至于热努的架子绝对不可能真正水平摆放，因为整个宇宙都是建立在一条曲线上的。他的话会搞得热努和戈什隆惊慌失措，却会使热努更加尊重巴克特劳特先生的学识，使戈什隆先生的帽子几乎歪到了鼻尖。巴克特劳特先生看到这种混乱，更能体会到虐待狂般的快乐。他知道斯莱恩伯爵夫人会听他的话，还会很欣赏他，尽管他一直保持明智和实际以保护她。"你们可能知道，"他站在一个未完工的房间里说，几个油漆工都放下刷子，仔细听他发表看法，"世界末日的预言至少有四种。火烧、洪水、冰冻和撞击。还有其他的，只是不科学，所以不大可能，可以忽略不计。当然，还有预言性的数字。我相信数字是永恒和谐的基础，所以说，我是一个坚定的毕达哥拉斯追随者。数字存在于虚空中。根本不可能想象数字会毁灭，而宇宙的毁灭则是可以想象的。我这样说，并不是指我欣赏巴比伦人的神圣数字一千二百九十六万这样的聪明才智,你们也许还记得这个数字。我也不是说我认为威廉·米勒的计算是正确的,他通过一种加减的方法,断定世界将在一八四三年三月二十一日毁灭。不,我有一套自己的理论,斯莱恩伯爵夫人,我可以向你保证,虽然令人痛心,但我的说法无可辩驳。世界末日就要到了。"巴克特劳特先生踮起脚走到墙边,非常小心地用一截粉笔写下了"PΩMH"几个符号。一名油漆工跟在他后面走过,同样小心翼翼地用刷子抹掉了那几个符号。

"可是,夫人,"热努说,"到时候我的床单怎么办?[1]"

斯莱恩伯爵夫人从来没有像现在这样喜欢和别人在一起。与两位老先生相伴,一种前所未有的幸福将她包围。她曾与才华横溢的人杰为伍,与达官显贵相

---

1 原文为法语:Mais en attendant, miladi, mes draps? ——译者注

交,她让自己适应他们的谈话,在与世俗事务打交道的岁月里,她学会了把那些对她来说很难整理甚至很难记住的零散信息拼凑起来。因此,她总是想起自己的少女时代,那时她的知识体系存在着巨大的空白。人们提到爱尔兰问题和妇女运动,她不知道是什么意思,至于自由贸易和保护主义,就如同两块特别的绊脚石,尽管别人向她解释过十几次,她还是不能本能地区分开二者。她总是煞费苦心地在亨利面前掩饰自己的无知。最后,她成功了,于是他会对她讲自己在政界遇到的难题,丝毫不曾意识到妻子压根儿就不明白他的意思。她暗自为自己的不足感到羞愧。但是该怎么办呢?她记不住,就是记不住为什么阿斯奎斯先生不喜欢劳埃德·乔治先生,也记不住工党这个令人担忧的新兴政党的目标究竟是什么。她所能做的最多就是掩饰自己的无知,同时疯狂地搜肠刮肚,想回忆起一些有关的线索,以便做出适当的回答。在他们住在巴黎的那些年里,她的日子过得特别痛苦,法国人言谈举止间尽显聪明机智,她尽管非常欣赏,却总是觉得自愧不如。她可以一坐就是几个小时,陶醉地听着他们的连珠妙语和滔滔总结,惊叹于别人有能力用三言两语就概括出生活的某个方面,而对她来说,这些方面非常重要,需要花一生的时间来思考,然而,她那安静的快乐总是被恐惧破坏:她很怕在某个时刻,某个客人好心办坏事,礼貌地转向她,把她接不住的球扔给她,说:"大使夫人,你怎么看?[1]"她在内心深处很清楚,对他们所谈论的话题,她的理解要比他们深刻得多,因为法国人的谈话似乎总是围绕着她最感兴趣的话题,她确实认为自己有独到的见解,要是她能把自己心里的想法表达出来就好了。可她向来笨嘴拙舌,说起话来含含糊糊,根本不是她本心想说的内容,与此同时,她也意识到,坐在旁边的亨利见到妻子胡言乱语,一定觉得很丢人。然而,在私下里,他却说她是他认识的最聪明的女人,尽管常常口齿不清,却从不说蠢话,这话他虽不常说,但确确实实出自他的口中。

---

1 原文为法语:Et Madame l'Ambassadrice, qu'en pense-t-elle。——译者注

她一直祈祷不会有人发现她承受的这些痛苦,亨利不会,坐在她那桌的客人也不会。她还有其他一些使她感到羞愧的弱点,只是没那么严重而已:例如,她不会开支票,所写的阿拉伯数字和大写数字不相符,不是忘记画两条平行线[1],就是忘记签名。她搞不明白债券是什么,也无法理解普通股票和延期付息股票之间的区别。要是碰到牛市、熊市、攫利者和期货溢价这些乱七八糟的术语,她就会感觉自己像是进了全是野兽的马戏团。她衷心地认为这些东西极为重要,显而易见,世界要正常运转,靠的就是它们。她认为,党派政治、战争、工业、高出生率(她学会称之为劳动力)、竞争、秘密外交和猜疑,都是一种必要的游戏的组成部分,之所以称之为必要,是因为她所认识的最聪明的人都视之为自己的事业,虽然对她来说,这只是一种难以理解的游戏。她猜想一定是这样的,只是她愈发感觉自己看到的是一场可怕且可笑

---

[1] 在支票正面画两条线的支票被称为"划线支票"(或称"转账支票"),只能通过银行转账支付至收款人账户,无法兑现为现金。

的虚幻梦境,一个个人在里面来回移动。整个悲剧体系似乎建立在一种非同寻常的惯例之上,这种惯例就像货币理论一样令人费解,而(是有人这样告诉她的)货币理论与黄金的实际供应毫无关系。机缘巧合之下,人们把金子而不是石头当作财富的象征。也是在机缘巧合之下,人们把斗争而不是友好视为原则。地球上的居民显然从来没有想过,如果他们选择了石头与和睦相处,这个星球会变得更好。

不管她怎么做,她的孩子们都是在同样的传统中长大的。这也是自然而然的事。他们削尖了脑袋往上爬,不满足于平庸。赫伯特总是那么好说教,为人愚蠢却又野心勃勃。还有嘉莉,她加入了很多委员会,说起话来很严厉,极有控制欲,干涉那些不想被干涉的人,还打着爱的旗号,在这一点上,她的母亲就颇有感触。查尔斯则喜欢没完没了地发牢骚。威廉和拉维尼娅总是省吃俭用,似乎把这当成了一种职业。他们谈不上善良厚道,也没有优雅风度,更没有隐私。斯莱恩伯爵夫人只对伊迪丝和凯感到同情:伊迪丝总是糊里糊涂,她想把事情弄清楚,结果却弄得更乱。

伊迪丝很想退后一步，观察完整的人生，而大多数人都认为这是办不到的事。她为此烦恼不已，心中怏怏不快（不过，这种不安却为她增添了光彩）。还有凯。他成日摆弄罗盘和星盘，在她所有的子女中，他是最不努力的一个，从不爱奋斗。当他关上门，拿出抹布，慢条斯理地擦拭着收藏架，就不知不觉地对自己的存在有了最强烈的感觉。是的，凯和伊迪丝与她最为亲近。这将是一个秘密，一个笑话，她会将其带进坟墓。

除此之外，她一直是一个孤独的女人，总是与她遵从的信条格格不入。她偶尔也会遇到一些与她相契合的灵魂。曾经有个年轻人陪他们去法特赫布尔西克里，这个年轻人的名字早已湮灭在了岁月里，也许她从来就不知道他姓甚名谁。但她只是与他对视了片刻，就慌张地走开，回到了总督和他那群戴着遮阳帽的官员身边。这样的相遇很少见，而且由于她的生活环境使然，这样的事即便有也极为短暂。（然而，她仍然坚信，许多灵魂从根本上是契合的，只是被这世上的规矩束缚住，再也无法发出清晰的必要音符。）

与巴克特劳特先生、戈什隆先生在一起,她感到十分自在。她可以毫不尴尬地告诉巴克特劳特先生,她区分不开什么是地方税,什么是国家税。她可以告诉戈什隆先生,她无法区分伏特和安培。他们俩谁也没有试图为她解释。他们立刻就放弃了,只是说"交给我吧"。于是她不再为此耗费心神,并且知道自己的信任不会被辜负。

说来也怪,这种陪伴给她带来了解脱和松弛!这是由于老年的疲惫,还是由于盼望已久的返老还童?毕竟若能重回孩提时代,人可将所有的决定和责任再一次交给别人,也可以自由地梦想得到一个她确信充满阳光和仁慈的世界。她想:要是我能重回豆蔻年华就好了,到时候,我要赞美平静,爱好沉思,反对积极主动、诡计多端、奋发图强和心思虚伪……是的!就是虚伪,她一边呼喊道,一边使出不寻常的力气,把拳头砸在另一只手的手心里。然后,她试图纠正自己,她怀疑这是否仅仅是一种消极的信条,是对生活的否定。也可能这甚至是对活力不足的自白。她得出的结论是,事实并非如此,因为在沉思时(也在追求她不得不放弃的精挑细选的业余爱好时），她便可以走向更为幸福的生活，而比起她那些以结果和行动作为衡量标准的子女，她的生活将更为真实。

她还记得，那年她与亨利一起穿过波斯沙漠，成群的蝴蝶在他们的马车周围飞舞，有白的，有黄的，在他们的两侧、头顶和四周，蝴蝶上下翻飞，时而向前，与马车保持着协调的节奏，时而飞回来，陪伴在他们左右，仿佛乐于将自己轻快的飞舞节奏暂时放慢，围绕着这辆笨重的车子打转，但仍难以完全适应这样缓慢的速度。为了减轻心中的不耐，它们或是飞到空中，或是俯冲到车轴之间，趁着马儿来不及迈开蹄子把它们踩死，它们就从另一边飞了出来。蝴蝶一路上在沙子上留下小小的黑影，就像落下的小黑锚，经由隐形的缆绳把它们拴在地上，但又同样以反复无常的速度拖着它们，不得不随着马车飞行。她还记得自己当时的想法，从黎明到黄昏，在太阳之下，单调的前进路线让她昏昏欲睡，就像一架犁车沿着一条笔直的沟，缓慢绕着地球一圈又一圈地追着太阳一样。她记得她认为这有点像她自己的生活，像追着太阳一样跟在亨利·霍兰德后面，但时不时会碰到一群蝴蝶，这些蝴蝶便是她自己的不恭不敬、无关痛痒的思想，来回飞舞，可也没能改变哪怕是一点点马车行进的速度。蝴蝶的翅膀从不曾拂过马车，它们总是扑动翅膀躲避着。它们有时冲在前面，但又回来戏弄和炫耀一番，在车轴之间翻飞，拥有着独立而美好的生活。在缓慢移动的马车周围，一群叫花子走过沙漠。亨利当时是在视察各地，只是说："太可怕了，这些人的眼疾太严重了——我必须做点什么。"她知道他是对的，他要和传教士们谈谈，于是她把注意力从蝴蝶转移到自己的职责上，决定等他们到达亚兹德或设拉子，或任何可能的地方时，她也要带上传教士的妻子们，去各个村子里治疗眼病，并安排从英国再运来一些硼砂。但是，说来也怪，飞舞的蝴蝶总是更能吸引她的目光。

第二部分

> 街上一片喧杂，人头攒动，
> 　　她的心沉静如水，
> 　　她的双手不慌不忙，
> 　　她的脚步亦无匆匆之态。
>
> ——克里斯蒂娜·罗塞蒂

夏末的一天，斯莱恩伯爵夫人沐浴着汉普斯特德的阳光，坐在南墙下，头顶上方的树枝上挂满了成熟的桃子，手上没有任何活计，这时，和亨利订婚那天的回忆不受控地钻进了她的脑海。日复一日，她现在有足够的闲暇时间探寻自己的人生，就像是横穿乡村，最终，一切都汇聚成景观，而不是单独的田野或单独的年月，这些景观成为整体，她可以看到全貌，甚至可以挑出一块特别的领域，于心中在那片领域转上一圈，尽管她始终俯瞰着那里。那些地方处在合适的位置上，周围的树篱标记出了精确的形状，而穿过树篱的间隙，就能进入下一块田地。她想，她终于可以把自己的生活圈起来了。她慢慢地重温那一天，就像一个人沿着一条小路穿过长满野草的田野，路两边都是随风摇曳的酢浆草和毛茛。从吃早饭到上床睡觉，她缓缓地重新温习着那一天，随着时钟的指针越过彼此，每一个小时在她面前恢复了各自的特点：她心想，在那天的这个时间，我第一次下楼，摇晃着我那顶带饰带的帽子。在这个时间，他说服我去了花园，和我一起坐在湖边的座椅上，他告诉我，天鹅甩翅膀并不能打断人的腿。她听着他的话，留心注意着那只天鹅。天鹅沿着岸边向他们漂浮过来，它把喙浸入水中，弯下脖子，急躁地啄着胸前雪白的羽毛。但她想的不是那只天鹅，而是亨利脸颊上刚刚长出来的胡须。只是这些念头融合在一起，她不禁好奇亨利的棕色胡须是否像天鹅胸前的羽毛一样柔软，恨不得伸出自己空闲的那只手去摸摸。这时，他撇开了天鹅的话题，仿佛这只是一个用来掩饰犹豫的开场白，接下来她只知道他很认真地说着什么，他身子前倾，手指甚至还摸着她衣服上的一根花边，仿佛很渴望在他和她之间建立某种联系，虽然他并没有意识到自己如此急切。可是，自从他开始这么认真地说话，他们之间真正的联系就被割断了，甚至那种轻微的冲动也消失了，她再也不想伸手去摸他面颊上卷曲的胡须。他必须如此认真地说出这些话，这样语气才能充分发挥其分量。这些话似乎是从某个严肃而隐秘的地方说出来的，是从他的人格之井的底部拉上来的。这些话沉重而成熟，把他从她身边带走的速度，比一只老鹰用爪子把他拽向天空的速度还要快。他就此远离了她。尽管她认真地看着他，听着他说话，但她知道他已经在千里之外了。他早已经进入了一个世界，在那个世界里，人们结婚、生育、抚养孩子、指挥仆从，他们缴纳所得税、了解什么是股息，在年轻人面前说些神秘的话、自己做决定，他们爱吃什么就吃什么，想什么时候睡觉就什么时候睡觉。霍兰德先生要她陪他到那个地方去。他在向她求婚。

在她看来，她显然不可能接受他的求婚。这实在荒谬。她绝不可能跟随霍兰德先生进入那个世界。他是她最不可能挑选的男人，因为她知道他非常聪明，注定会拥有辉煌的事业，成为遥不可及的人物。她曾听父亲说，年轻的霍兰德很快就将成为印度总督。如此一来，她就将成为总督夫人。一想到这个，她就像受惊的小鹿一样向他投去了一瞥。霍兰德先生立刻根据自己的愿望对这一瞥做出了解读，于是把她紧紧地搂在怀里，热情而克制地吻上了她的唇。

这个可怜的姑娘能怎么办？她尚未完全明白发生了什么事，母亲已经含泪而笑，父亲把手搭在霍兰德先生的肩膀上，妹妹们嚷嚷着要做伴娘，霍兰德先生则笔直地站着，自豪又沉默，他微微一笑，鞠了一躬，哪怕是她这种涉世未深的人，也能看出他用带有独占意味的眼神注视着自己。就在一瞬间，她从原来的自己变成了一个完全不同的人。也许她并没有变。她看不出自己的内心发生了什么变化，来配合那些人脸上突然露出的笑容。她的感情肯定和以前一样。一想到别人对任何事情都要征求她的意见，她就感到恐惧，于是她急忙把决定权交给别人。她觉得用这种方法，或许能得以延迟那个必须明确且不可逆地成为另一个人的时刻——她可以继续偷偷地做她自己，哪怕只有很短的一段时间。

她想知道自己究竟是什么样的人。如今垂垂老矣的她，竟在回忆昔日豆蔻年华的自己？这种好奇是最温柔，也最令人伤感的消遣，然而，这并不令人忧郁。这是最后的也是最高的奢侈，她终其一生都在等待享受其中的一刻。在死前这段短暂的时光里，她正好有时间尽情地放纵自己。毕竟，她没有别的事可做。这是她平生第一次无事可做，不，这是她结婚以来第一次无事可做。她可以躺下面对死亡，审视生命。与此同时，四周充斥着蜜蜂的嗡嗡声。

她看见自己还是个正值豆蔻年华的姑娘，在湖边散步，她徐徐而行，帽子在手中晃荡着。她走着，眼睛低垂，脑海中思绪纷纷。她一边走，一边把阳伞的伞尖戳进松软的泥土里。她穿着一八六〇年流行的荷叶边薄棉布女裙，留着一头卷发，有一绺卷发滑出，轻轻地落在她的脖子上。一只卷毛猎犬伴在她身边，狗儿在灌木丛中嗅来嗅去。一只狗，一个少女，这一幕就如同纪念品上的刻画。是的，这就是她，黛博拉·李，不是黛博拉·霍兰德，也不是黛博拉·斯莱恩伯爵夫人。老妇人闭上眼睛，希望这个画面在脑海中能够停留得久一些。走在湖边的姑娘并不知情，老妇人却看到了少女的整个青春岁月，就像在花开之际，伸手接住了一片凋零的花瓣，沾着晶莹的露水，随风摇摆，贞洁无瑕，心怀渴望，被大胆而又羞涩的冲动支配，像小兔子一样胆小而又敏捷，像在树干间窥视的鹿一样迅捷，轻信于人，像在舞台侧翼等候的舞蹈家一样脚步轻盈，像大马士革玫瑰一样轻柔芬芳，像喷泉一样充满笑声。是的，这就是青春，像一个人会在未知的门槛前犹豫不决，却也准备好用胸膛抵挡长矛。老妇人更加仔细地看着。她看到了娇嫩的肌肤，纤细的曲线，深邃而闪亮的眼眸，不谙世事的朱唇，没有戴上戒指的双手。她深爱着曾经的那个女孩，试图捕捉她说话的语调，但女孩始终沉默不语，仿佛走在玻璃墙后面。她很孤独，孤独的沉思仿佛就是她灵魂的组成部分。不管她脑子里还有什么念头，可以肯定的是，她的脑子里既没有爱情，也没有浪漫，没有任何通常被认为属于年轻人的感情。即便她有梦想，梦想中出现的也不会是相貌英俊的小伙子。斯莱恩伯爵夫人想：话说回来，人们不应该用一套观念来束缚年轻人,这并不公平。年轻人比这丰富得多。青春充满了无限的希望,青春能使河流燃烧,能叫世上所有的钟楼鸣响。要考虑的不仅是爱情,还有名声、成就、天才等,这些东西可能在人的心里,啃噬着他们,谁知道呢?我们还是退到角楼里去,看看隐藏在身体里的天赋会不会表现出来。不过,天哪,斯莱恩伯爵夫人想,在一八六〇年,一个女孩子要想追名逐利,必定不可能得偿所愿。

斯莱恩伯爵夫人确实幸运,她看透了那姑娘的内心,而那姑娘就是年轻时的她。她不仅能注意到那踌躇的脚步,停顿的步伐,紧皱的眉头,插进泥土的阳伞尖,以及在湖水中颤抖的破碎倒影,她也能从这孤独的漫游中读出她的心思。她了解她心中的秘密,知道她的想法有多狂野。在这少女娇嫩的外表下所隐藏的想法,即使对一个粗野的年轻男子来说,也算得上非常放肆大胆了。这些念头无非是伪装逃跑。改名换姓,女扮男装,去异国他乡过自由的生活:这些计划与一个即将出海的男孩的计划不相上下。剪刀咔嚓咔嚓,卷发应声而落,一只手偷偷地往上摸,仿佛以为会摸到头上的短发。三角形披肩也将被衬衫取代,手指则摸到了领结。裙子会被踢到一边,彻底遭到抛弃。这个时候,那只手非常羞涩地伸向裤子口袋的开口。女孩的形象消失了,取而代之的是一个瘦削的男孩。那是一个男孩,但本质上是一个没有性别的存在,仅仅是青春的象征,散发着朝气,永远放弃了性别带来的乐趣和权利,在狂暴的想象中,这个存在追求更高尚的目标。简而言之,黛博拉在十七岁时下定决心成为一名画家。

太阳把她那副老骨头和墙上的桃子晒得暖烘烘的,现在又从一所房子后面向西爬去,斯莱恩伯爵夫人微微打了个寒战,只好站起身来,把椅子拖到依然洒满阳光的草地上。她还要回忆过去的雄心壮志。当画家的抱负不知起源于何处,但经过了几个月,却一直存在着,还越来越强烈,像血液一样在她体内流淌,可到了最后,它却日渐衰弱,再也没有了实现的可能。她一直在竭尽全力使它保持活力。她现在看清了真相:她的抱负是她生命中唯一有价值的东西。她曾经拥有过许多现实,或者说,那是其他女人认为是现实的东西，但她现在不能进入那些现实，她必须尽可能地依附于超现实，它是如此稳固，甚至一想起它曾经怎样支撑着她，她就觉得满心幸福。她现在不仅是在对自己讲这件事，还在内心深处再次感受到了它。它拥有爱的普遍特点，那就是爱是强烈的，不像回忆中的爱那么冰冷。同样的狂喜，同样的兴奋，在她心中翻腾汹涌。在那种狂喜的状态下生活，是多么美好啊！多么美好，多么困难，多么值得一试！见习修女都不会比她更警惕。她像坚韧的铁丝一样绷紧，一碰就会颤动。她一直被视为一个年轻的神，拥有不凡的创造力。她的脑海里浮现出一幅幅画面，每一幅画面都洋溢着丰富的情感，其他任何东西都无可比拟。深红色的斗篷，银色的长剑，既不够华丽，也不够纯洁，不足以表达她的热情。老天啊，这才是值得过的生活！她惊呼道，青春的血液沸腾，又流遍了她的全身，艺术家犹如创造者，他们在人生中仔细观察，感受万物。只消看上一眼，即可发现细节，也可将地平线收入视线之中。她还记得，墙上的影子比物件本身更使她欢喜，她望着暴风雨中的天空或阳光下的郁金香,眯起眼,把这些东西同她脑海中形成图案的一切事物联系起来。

就这样,几个月来,她怀着紧张的心情,一直秘密地做着准备,虽然她从来没有动笔作画,只是幻想着遥远的未来。每当梦想的火焰暂时变得微弱,她的情绪就陷入消沉,日常生活也会变得懒散。若是她什么也观察不到,内心便会惊慌不已。每当火焰低垂,她就恐惧不已,生怕火焰彻底熄灭,再也不能重新燃起。那样的话,她就将沉沦在冰冷黑暗的境地。谁承想,那火焰还会复活,巨大花环一般的韵律又一次升起,光芒将她笼罩,像重新出现的太阳一样温暖,像星星一样辉耀。她仿佛肋生双翼,再度飞了起来,逐渐保持平稳。她过的就是这样一种极端的生活,一会儿狂喜,一会儿沮丧。但所有这一切,没有一丝闪光浮上水面。

也许是某种本能提醒她不要把这个不合时宜的秘密告诉任何人,她很清楚,父母虽然很溺爱她,但能力有限,要是听到她袒露心声,他们只会微微一笑,拍拍她的脑袋,互相交换一下眼色,那意思是:"我家的漂亮姑娘就是这样！只要看到风度翩翩的小伙子，很快就会打消这些念头了。"也许仅仅是出于艺术家对隐私的珍视，她才始终保持沉默。她是个非常温顺的姑娘，在家里替母亲做些杂务，把薰衣草放在一块大布上晾干，再装进袋子里放在床单之间，她写好标签贴在果酱罐子上，给哈巴狗刷毛，此外，不用吩咐，晚饭后她也会做些针线活。熟人都羡慕她父母有她这样一个贴心的大女儿。有很多人看中了她，想让她嫁给自己的儿子。然而，在这个谦逊有序的家庭里，据说还存在着一丝野心，但并不好高骛远。黛博拉的父母到了中年，夫妻二人养育了很多子女，宁愿在乡村安逸地过日子，专心于家庭，也不愿意去追求名利。但对于黛博拉，他们有着不同的期许：黛博拉一定会嫁给一个好男人，她若是在事业上对丈夫有所助益，能为他的事业增添光彩，就更好了。当然，他们并没有对黛博拉说过这些想法。绝不可以让她变得自负。

斯莱恩伯爵夫人又站了起来，把椅子往有阳光的地方挪了挪。随着阴影开始越拉越长，她感到了一丝寒意。

她记得大哥离开了家。他那时二十三岁，和所有年轻人一样离开家，闯荡世界去了。她有时很想知道年轻男子在外面的世界里都干了什么。她想象着他们又笑又闹，走南闯北，自由自在，或是在黎明时分穿过空荡荡的街道大步回家，或是叫一辆双座马车，驱车前往里士满。他们与陌生人交谈，逛商店，还常去看戏。他们加入俱乐部，还同时加入好几个。在阴影中，有女人找他们搭讪，和他们纠缠不休。他们大可以与她们一夜风流，不必负任何责任。无论他们做什么，都是那么漫不经心，他们回到家时，也不需要对自己的行为进行解释。此外，男人会对彼此惺惺相惜，这是因为他们都拥有自由，这与女人之间的同病相怜大不相同，女人对彼此惺惺相惜，却总免不了打听别人的私事，多少有些猥琐。然而，即便黛博拉知道自己与哥哥的命运截然不同，她也没有做过任何评论。她没有他那样的机会和丰富的经历，还总是觉得束手束脚，而这也是合情合理的。如果他努力学习法律，大家一定会对他的选择大加赞扬和鼓励，而她选择成为一名画家,为什么不能把决定宣之于口,只能被迫秘密计划女扮男装逃走?他们之间的差异太大了。但似乎每个人都对这种事有着相同的看法,甚至都不曾讨论过:对妇女而言,只有一种工作给她们做。

自霍兰德先生带黛博拉从湖边去找她母亲的那一刻起,她就明白了人们对这种事所抱的相同看法有多么牢不可破。她在家中备受宠爱,却从来没有受到过这样热烈的赞许。她想起了那些意大利画作,画中天堂敞开,永生的圣父降临人间,周遭散发着扇骨般的金色光辉,人们伸出手指,期盼感受到他温暖仁慈的光芒,就像在炉火边一样。因此,不管是黛博拉还是她的父母,以及她周围的人,都觉得与霍兰德先生订婚,她算是完成了一件令人愉快也极为高尚的事,实际上她只是完成了人们一直期望她做的事。除了给别人带来极大的满足之外,她还实现了自己的目标。她突然发现人们对自己有着很多期待。大家都认为她一见到他就高兴得发抖,他一离开她就愁眉不展;她存在的唯一目的(有些卑躬屈膝)就是助他一臂之力,实现他的野心抱负;她必须把他视为世界上最了不起的男人,就像她必须认为自己是天下最受宠爱的女人一样。别人欣然将这些赞美赋予她。这些期许是如此一致,她差一点也要相信事实如此了。

这一切都很好,有几天,她让自己玩了一个小小的假装游戏,想象着自己能够毫不费力地摆脱困境,毕竟她只有十八岁,况且受到表扬能令人欢喜,尤其是受到那些让人敬畏的人的表扬。但是,她立刻觉察到,有无数像蜘蛛丝一样的细线紧紧地缠在她的手腕和脚踝上,每一根细线的另一端都连接着另一个人的心。有她父亲的心,还有霍兰德先生的心。她已经学会了称霍兰德先生为亨利,只是还有些不自在。至于她母亲的心,那可能就如同一个铁路总站,有那么多闪光的丝线从看不见的地方钻进去。这些丝线是骄傲、爱、宽慰、母性的焦虑,以及女性大惊小怪的天性。黛博拉站在那里,束手束脚,也很困惑,不知道下一步该怎么办。与此同时,她站在那里,觉得自己像被彩带缠绕着的五朔节女王一样愚蠢,这时她看到地平线上有人带着礼物,都向她聚集起来,就像向她进贡的封臣一样：亨利拿着一枚戒指。而把戒指戴在她的手指上真是隆重的仪式，姐妹们拿着一个她们凑钱买的化妆包。她的母亲带来了很多家庭日用织品，这些布足够给一艘大商船缝制一张船帆，包括：桌布、餐巾、毛巾（手巾和浴巾）、茶布、厨房抹布、餐具室布、除尘布，当然还有被单。展开后，可以看到这些东西都是一对，上面绣着交织在一起的文字，乍一看看不出是什么，但黛博拉仔细一看，才发现是 D.H.[1]。于是她迷失在了丝绸、锦缎、府绸和羊驼毛组成的泛着泡沫的浪潮里。女人们跪在她周围，爬来爬去，嘴里还咬着别针。她则听从指挥，或是站，或是转身，或是弯曲手臂再伸直，或是听话地小心迈出一步，让裙摆在地上伸展开。人们告诉她，胸衣的衬层剪裁略小，会有些紧，要她忍耐。在她看来，她总是很累，而人们为了表示对她的爱，就把她弄得比原来更累，找了一大堆事让她做，还围着她忙活着，直到她不知道自己是该站着不动，还是该像陀螺一样旋

---

1 指黛博拉（Deborah）和亨利（Henry）。——译者注

转。时间似乎也参与了阴谋,恶毒地将一个个日子变短,于是时光匆匆,不过是亨利每天从花店订购的便条、薄纸和白玫瑰,如同暴风雪一般将她包围。然而,一直以来,像一股暗流一样,年长的妇女之间似乎流传着一个秘密,因为这个秘密,她们的微笑和目光中透着睿智。身处这种甜蜜的混乱中,黛博拉必须保存力量,以备应对将来更大的挑战。

事实上,婚礼前的这几个礼拜完全是在为神秘的女权主义所举行的仪式。黛博拉想,从来没有这么多女人围着她团团转。若是由女性来当家做主,那么男性在这个星球上或许会变得无足轻重。就连亨利本人也无足轻重。(然而他却在那儿,戳在背景之中,存在感很强。她想,在底比斯,母亲们在把女儿献给牛头怪前,八成也会把她们弄得疲惫不堪。)妇女们从四面八方赶来:姨妈、堂姐妹、表姐妹、朋友、裁缝、女内衣商、女帽商,甚至还有一个年轻的法国女仆,黛博拉要把她收为自己的贴身侍女。女仆用惊奇的目光注视着女主人,仿佛神明早就在她身上印上了身为主人的记号似的。在这些仪式中,大家都期望黛博拉扮演最复杂的角色,而这只是众多加在她身上的期许之一。人们希望她知道这一切是怎么回事,然而,这个神秘的核心对她来说仍然秘而不宣。她要接受人们面带着微笑送上的祝贺,任由他们称呼她为"我的小黛博拉!"。对于这一声惊叹,她怀疑之所以会漏掉"可怜"这个形容词,只是偶然的情况,它被湮灭在久久的拥抱中,就如同他们怀着仁爱之心对她的告别词。她想:啊,女人为了结婚,居然搞出了这么多的麻烦!然而她转念又想,谁又能责怪她们呢,毕竟回想起来,婚姻及其后果是女人一生中唯一要操心的事。虽然兴奋的是周围的人,但效果也一样好。女人来到这个人世,穿衣打扮,装扮艳俗,接受教育(如果这种有人教却没人学的事情可以称为教育的话),以及受到保护、被蒙在鼓里、被暗示、被隔离、被压制,这一切不就是为了结婚吗?不就是为了在某个时刻,她们本人或她们的女儿在牧师的见证下嫁给一个男人吗?

可惜黛博拉并不清楚究竟要怎样服侍他。她只知道,人人为了她这天大的福气忙前忙后,她却只觉得陌生不已。她认为自己并不爱亨利,但是,即使她一直爱着他,她也看不出有什么理由要她放弃自己的独立人生。亨利是爱她的,但没有人建议他放弃自己的人生。恰恰相反,他得到她,不过是锦上添花而已。他将照常与朋友共进午餐,前往他的选区,整晚待在下议院。他将继续享受自由、多样的男性生活,他的手指上没有戒指,他的名字也没有改变以表明身份有所变化。但每当他想回家,她必须要在那儿,准备放下手里的书、报纸和信件,去伺候他。无论他要说什么,她都必须准备好倾听。她必须招待他在政界的熟人,即使他让她随他一起走遍世界各地,她也必须跟随。她想,这让她想起了路得和波阿斯,并且很让亨利高兴。毫无疑问,他将按照自己的理解,对她尽责任。他坐在她身边,看着她在绣品上穿针引线,他会深情地凝视着低垂着头的她,说他很幸运,有这样一个漂亮的小妻子在家里等他。他是内阁大臣,地位显赫,但他说出这样的话,就像一个中产阶级或工人。她应该抬起头来,接受他的告白。他是总督,拥有人人称羡的高贵地位,面对女人的花言巧语,他权当听不见,只在必要的时候向异性表示殷勤,他会忠实于她,这样嫉妒的绿蛇就永远不会缠上她。他将一路高升,将带着真正的骄傲,见证小小的黑影头上多出一顶皇冠,而多年来,黑影已经变得强大许多。但是,在这样的计划里,哪里有地方供她画画呢?

如果亨利某天晚上回来,却见到大门上锁,没人给他开门,这是不被允许的;如果墨水和吸墨纸用完了,亨利烦躁不安地出来,却被告知霍兰德太太正在画画,这是不被允许的;如果亨利被任命为某个遥远殖民地的总督,却得知喜欢画画的妻子必须住在伦敦,这是不被允许的;如果亨利想再生个儿子,却得知她刚开始学习一门特殊的课程,这也是不被允许的。在这样一个充满期许的世界里,她万万不可认为自己与亨利享有平等的权利。婚姻并不会给予她这样的特权。

但是,婚姻确实赋予了她一些特权,于是黛博拉走进卧室,拿出她的祈祷书,翻到《婚姻仪式》。它规定女人要生儿育女,对此,她是知道的。她还没来得及堵住耳朵,她的一个朋友就给她讲了这件事。之所以如此规定，是为了让女人们爱恋丈夫，听话忠诚，圣洁虔诚，安静，清醒，平和。毫无疑问，在某种程度上，这都是议会上的用语，但仍然与事实有一定的关系。然而，她要问的是，在这个体系里，哪里有空间容得下画室呢？

亨利一向魅力不凡，彬彬有礼，现在又处在热恋中，当她终于鼓起勇气，问他结婚后是否会反对她画画时，他露出了最宽容的微笑。反对？他当然不会反对。他认为这种高雅的修养最适合女人。"我承认，"他说，"在所有女性的才能中，我最喜欢的是钢琴。但既然你的才能在另一个方向上，亲爱的，那我们就尽力而为吧。"他接着说，如果她能把他们在旅途中的所见所闻都画下来，那对他们两个而言都将非常愉快，他还提出做成一本水彩画册，等朋友们来家里做客，就拿出来给他们观赏。可黛博拉表示这与她自己的设想不一样，她说自己想要认真作画，但说这话时，她的心提到了嗓子眼。听她这么说，他又笑了，比以往任何时候都更为深情和溺爱，他说日子还长，大可静待发展，但对他个人而言，他认为结婚后，她会找到更多其他的消遣来打发时间。

听罢,她觉得自己真真切切被困住了,不免心情郁结。她很清楚他的意思。她痛恨他那种朱庇特神似的超然和优越感,恨他表面看起来深情款款,却喜欢自以为是地想当然,恨他那副随和亲切的模样,最恨的是自己无法责备他。他这个人无可指摘。他只是把他有权认为理所当然的事情看作理所当然而已,因此,他和那些女人并无二致,他们都参与了同一个阴谋,骗得她不去选择自己喜欢的生活。

她很幼稚,很犹豫,对什么事都不确定,浑然无觉。但至少她意识到这次谈话意义重大。她得到了答案,于是再也没有提起这件事。

然而,她不是女权主义者。她是一个非常聪明的女人,不会一味想象自己是个殉道者,毕竟这么做太奢侈了。她和生活之间的差距不是男人和女人之间的差距,而是行动派和空想家之间的差距。她是女人,亨利是男人,这其实只是一种偶然。她只承认一点:身为女人,生活会更加艰难。

这会儿,斯莱恩伯爵夫人已经把椅子拖到了小花园的中央。热努从窗户中看到,便拿了块盖腿的厚毯出来。"夫人,可别感冒了。可怜的先生要是知道夫人感冒了,他会怎么说呢?他一直非常关心夫人。[1]"

是的,她嫁给了亨利,而亨利一向极其关心她,让她不要着凉。他尽了最大的努力照顾她。可以说,她一直过着受保护的生活。(但这是她想要的吗?)无论是在英国、非洲,还是在澳大利亚、印度,亨利总是尽量不给她添麻烦。也许这是为了补偿她为他放弃了自己独立的生活。一个奇怪的想法冒了出来!也许亨利明白很多事,只是不方便承认而已。也许他有意无意地试图用一堆毯子和靠垫彻底掩埋她的渴望,就像把一颗破碎的心放在羽毛床上沉睡一样。她身边总是围着仆人、秘书和副官,他们就如同小小的护舷,防止船只撞上码头。的确,他们常常超越自己的职责,纯粹是出于对斯莱恩伯爵夫人的忠诚,想要保

---

1 原文为法语:pour m'assurer que miladi ne prendra pas froid. Que dirait ce pauvre milord, s'il pensait que miladi prenait froid? Lui, qui toujours avait tant de soin de miladi!——译者注

护她,为她省去很多麻烦,毕竟,她是那么温柔、勇敢、谦逊,又那么有女人味。她的脆弱唤起了男人的骑士精神,她的谦逊消除了女人的敌意,她的品性同时赢得了男人和女人的尊敬。至于亨利,他喜欢俯下身,与漂亮狐媚的女人调情,这常常使斯莱恩伯爵夫人心痛不已,但是,在他眼里,世界上没有哪个女人能与她相提并论。

她裹着某种意义上是亨利放在她膝盖上的毯子,想知道他们之间的交流曾经有多亲密。她现在能够以冷静的态度来评价他们的关系,这使她有点害怕,然而,这又以一种奇怪的方式把她带回到过去的日子里,那时她曾计划逃避父母,献身于一种生活,这种生活虽然在传统上应受谴责,但本质上具有最苛刻、最难以实现的诚实品质。那时,她面对的是生活,这似乎是她必须保持头脑清醒的理由。如今,她正面对着死亡,这似乎又成了她不加回避,最真实地估计人生价值的理由。而中间这段时间却显得混乱不堪。

确实很混乱。但在其他人眼中,这与混乱毫无关系。有些人会说他们的婚姻完美无缺,他们认为她和亨利是一对完美夫妻。他们会说他们俩眼里只有对方,容不下别人。人们羡慕他们两个,称赞他们共同创造了辉煌的事业,缔结了令人满意、前途光明的世家。现在只剩下她一个人,他们又对她同情不已。但是他们会想,一个八十八岁老者的一生是圆满的,并没有什么值得同情之处,也许在剩下的日子里,她一直期待着有一天丈夫站在另一边等着迎接她,而那时的他恢复了年轻,戴着花环,穿着睡衣。他们会说她过得很幸福。

但什么是幸福呢?她幸福吗?"幸福"是一个奇怪的词,读起来有碎裂音。对所有说英语的种族来说,它的意思很明确。这个奇怪的单词中有一个短元音,两个字母"p"是喷射音,末尾的字母"y"上扬,只用两个音节就概括了人的整个一生。幸福。然而,这一刻人很幸福,过一会儿幸福就可能离他而去,幸福与否,都没有充分的理由。那么幸福是什么意思呢?如果它有意义的话,就代表着某种不安的欲望,希望黑就是黑,白就是白。它的意思是,在生活的恐怖丛林中,微小的爬行动物在一个通用规则中寻求安慰。当然，有些时候人们可以说：那时我是幸福的。他们还可以更肯定地说：那时我并不幸福——例如，当小罗伯特躺在棺材里，叙利亚保姆一边啜泣一边把玫瑰花瓣撒在他遗体上的时候——当时有大片区域都牵涉其中，而这就是生活。问她是幸福还是不幸，实在荒谬至极。这就好像有个人问一个与她无关的问题，而形容这个问题的措辞，与变幻莫测、难以捉摸、绚丽多彩的生命游戏毫无关系。这无异于试图做一些不可能的事，比如把湖水压缩成一个紧密而坚硬的球。生活就是那个湖，斯莱恩伯爵夫人这么想，她坐在温暖的南墙下，鼻间充斥着桃子的香味。这片湖面映着许多倒影，太阳给它镀上了金色，月亮给它镀上了银色，乌云飘过，给它蒙上了昏暗的阴影，涟漪给它披上了粗糙的外衣。但湖水始终是水平的，是边界不变的平面，而不是被卷成一个紧而硬的球，小到可以拿在手里，这正是人们在问一个人生活是否幸福时试图做的事。

不，不要问她这个问题，也不要问任何人这个问题。事情并没有那么简单。如果他们问她是否爱她的丈夫，她会毫不犹豫地回答：是的，她爱他。这个答案不会因为时间的不同而有所改变，她不会说：在这一刻，我爱他，在那一刻，我不爱他。她只会强调自己一直爱他。她对他的爱是一条笔直的黑线，贯穿了她的一生。这份爱伤害了她，摧残了她，削弱了她，但她无法将其摆脱。她身上所有不属于亨利·霍兰德的部分都拉着她前往相反的方向，然而，爱虽然孤军奋战，却如巨人一般，将它们都拉倒了，仿佛它们是一场拔河比赛中较弱的一方。她的理想，她的秘密生活，都已化为泡影。她是那么爱他，那份爱甚至把她的怨恨都压制住了。即使是他强加给她的牺牲，她也不能怨恨他。然而，她并不是那种以牺牲为乐，乃至不把牺牲当作牺牲的女人。她自己年轻时的理想同这种爱情是格格不入的，她知道，她放弃了美好的憧憬，就失去了无可比拟的价值。这就是她为亨利·霍兰德所做的，而亨利·霍兰德从来不知道这一点。

她终于可以回忆他和她自己的往事了。比这更可贵的是，她能审视他，却不会觉得对他不忠。她终于可以摆脱过去那种近乎狂热的忠诚了。但这并不是说爱情的痛苦已从她的记忆中烟消云散。她还记得那些日子,她曾迷信地向她从未完全相信过的上帝祈祷保佑亨利·霍兰德平安幸福。她的祈祷词变得幼稚而热烈,适合她的需要。"啊,主啊,"她每晚都在祈祷,"求你照拂我亲爱的亨利,让他快乐,护他安全,主啊,无论是疾病还是意外,让他远离一切危险,求你把他留给我,我爱他胜过天地万物。"她这样祈祷。每天晚上,这些祈祷都蕴含着全新的虔诚。每当她低声说"无论是疾病还是意外,让他远离一切危险"时,脑海中就会浮现出不同的画面:亨利被马车撞倒,亨利患上了肺炎,仿佛这两种灾难都真的存在。当她每晚低声说"我爱他胜过天地万物"时,都会被焦虑啃噬,担心她会亵渎神明,会惹得神明嫉妒,开罪于他,毕竟声称亨利对她来说比世间任何东西都要珍贵,当然和亵渎神明差不多,而这还涉及需要她安抚的上帝,这样的亵渎是不是超过了她的本意?然而她不顾这样违背事实,依然坚持祈祷。对她来说,亨利确实比天地间的任何东西都要珍贵得多。在他的哄骗下,她把他看得比自己的梦想抱负还重。她可以把所有的话都告诉上帝(如果上帝存在的话),不管她是否低声祈祷,上帝肯定都明了她的心。因此,她不妨每晚给自己一个奢侈的机会,悄悄说出真心话。她希望上帝听到这些话,却不希望亨利·霍兰德听到。这对她是一种安慰。祈祷过后,她便可以安然睡觉,因为祈祷可以保证亨利至少在未来二十四小时是安全无虞的,这是她为祈祷效力设定的上限。她记得自己当时认为,即使有她私下里代为祈祷,亨利·霍兰德这个珍宝依然非常危险,难以保存,他的官越做越大,与她祈求的平静生活越来越风马牛不相及!她宁愿他去荷兰种花,过着有条不紊的生活,只关心给郁金香施肥,柳条笼里的鸽子咕咕叫,在阳光下展开翅膀。可在现实生活里,她却看到他总是过着动荡的生活,受到炸弹的威胁,骑着大象穿过印度的城市,经常参加各种仪式,有很多公务要处理,因而与她聚少离多。而当他在没有纷乱的首都城市,比如伦敦、巴黎或华盛顿,人身安全有所保障之时,这位国家的伟大公仆又会被召唤回国内进行工作或到国外执行和平任务。因此她也要时刻保持警惕,以满足他的其他要求：当他一时感到灰心丧气时,她必须迅速发现他需要安慰。当他昏昏沉沉地走到她跟前,伏在她的椅子上,什么也不说,只是等待着(她知道)从她那里得到一些温柔的呵护,像斗篷一样把他裹起来,她在安慰之际却不能直言不讳。她必须使他再度相信,政府之所以阻挠他,对手之所以反对他,都是因为他们自己短视,生了嫉妒心,而不是因为他本身的缺点。然而,她不能让他知道她早已猜中他的自我怀疑,否则,她的安慰都将是白费力气。当她完成了这一壮举,帮助他将极其脆弱的信心重建到坚不可摧,当他离开她,恢复了精神去做他的事,她则疲惫得双手瘫软,心里弥漫着甜蜜的空虚,仿佛她的自我已经枯竭,流进了另一个人的血管,然后,她下沉、溺毙,她怀疑自己是否悄然触及了狂喜的高峰。

然而,即使这样,她对爱情的表白和对爱情中更微妙要求的回忆,也已经过了大大的简化,并不能使她满意。她说自己"爱"亨利,这话虽然无可争辩,但仍极其复杂。付出爱的那个人,到底是谁?亨利又是什么人?他是个实实在在的人,受时间和死亡的桎桔,并因为这种实际威胁而显得愈发珍贵?或者,他的存在仅仅是明显地投射和象征了他的自我?在他们的肉体象征之下,在他和她身上,无疑都潜藏着某种东西,那就是他们的自我。但那个自我很难接近,被过于熟悉的声音、名字、外表、职业、环境掩盖,甚至连短暂的自我感知也变得迟钝或混乱。自我有很多个。她单独相处时的自我,与同他在一起时的自我截然不同。甚至那孤独的自我,她所追寻的自我,在她接近它时,也会不断变化、消融。她永远无法将它逼入黑暗的角落,像夜晚的窃贼一样,把它紧紧按在墙上,无法将自我的坚硬核心逼入一条盲目的小巷。掩盖她思想的那些言语不过是另一种歪曲。没有一个词可以像石柱或树干那样独立存在,必须立即和其他词交会,产生骚动,引发联想。事实似乎和自我一样难以捉摸,一样华丽。只有在无言的恍惚状态中,才可能出现真正的领悟,在那种状态中,只有纯粹的感觉,亦超越了肉体,只有指尖的刺痛感才能使人想起身体的存在,只剩下一连串的画面浮现在脑海,没有名字,与语言无关。她认为,在这种状态下,她最接近隐藏在她内心的自我,但这种状态与亨利毫无关系。难道就是出于这个原因,她才会退而求其次,接受对亨利的爱,而这份爱带来的痛苦让她产生了幻觉,才觉得自己与亨利心心相印?

她毕竟是个女人。在成为画家的路上受挫,是否有可能在其他方面得到满足?女人应该服侍男人的普遍观念,是否有一定的基础?一代代人的观点都是对的,而她付出的努力却大错特错?在她对亨利的表面服从中,有什么美丽而积极,甚至是创造性的东西吗?她与他的关系如同一条紧绷的绳子,难道创作画作是危险和不稳定的行为,会使她无法保持平衡?难道她和他在一起,就不能像看到风景中蓝色和紫色的阴影那样,看到她生活的色调和半色调?她就这样把它们联系起来,规定了它们的价值,从而使它们成为美?这难道不是一种特别适合女人的成就吗?这的确是那种只有女人才能办到的事。这是一种特权,而且是不容轻视的特权。她身上所有的女性特征都回答说:是!她身上所有的艺术家气质都反驳说:不!

话说回来,受新教精神影响的女性,不正是在骗取这个世界一些可怜的残余魅力，一些也许愚蠢却美妙的幻想吗？这一次，她不光从女性的角度，还从艺术家的视角，这么回答道：是的。

她想起了她认识的一对年轻夫妇，丈夫是巴黎大使馆的秘书。夫妇二人都很年轻。她当时是大使夫人，每次她去看望他们，他们都怀着适当的敬意接待她。她知道他们爱她，但又总觉得她的来访是一种侵扰。她猜想他们深爱着对方，在二人相伴的岁月里，哪怕少了半小时，他们也一定会心怀怨恨。对她而言，去看望他们是件叫人煎熬的事，然而她还是深受吸引，这一方面是出于爱，另一方面则是想看看他们恩爱的样子，从而让自己心伤痛苦。她离开时总是对自己说："上帝按自己的形象造出人类，造出男与女。"有时，在离开的时候，她觉得自己和亨利就是一对怨偶，人生的负担因此变得沉重不已，她只想一死了之。这不是一句空话，她是真心这样希望的。她太诚实，因此才会觉得这段错位的关系如此沉重。有时，她渴望像那两个很无趣但很迷人的年轻人一样，也拥有一份简单、自然、正确的关系。她羡慕亚历克站在壁炉前,把口袋里的硬币弄得叮当作响,低头看着蜷缩在沙发一角的妻子。她羡慕玛吉对亚历克所说所做的一切都毫无疑问地接受。她确实羡慕,可有一点也让她十分恼火:男性的傲慢叫人难以忍受,而女性的顺从又过于卑贱。

那么,真相到底在哪里呢?亨利在爱情的驱使下,骗得她放弃追寻自己选择的生活;与此同时,他又为她提供了新的生活选择。这种生活既丰富又充实,只要她愿意,就可以触及更广阔的天地;或者,她也可以整日待在育儿室里,照顾子女。他用自己的生活取代了她的生活,其中充斥着争权夺利,他还用孩子们填满她的人生,他们要将孩子培养成才。他以为这两种生活都能使她沉浸其中,都能叫她高兴。只是他从不曾想到,她也许宁愿做回自己。

她在一定程度上默许了这些。她记得自己曾经默然接受过这样的设想:她应该把自己投射到孩子们的生活中,尤其是儿子们的生活中,仿佛他们的存在比她自己重要得多,而她自己不过是带他们来到这个世上的工具,保护他们成功度过幼小脆弱的岁月。她想起了凯出生时的情形。她给他起名"凯",是因为在他出生前,她正在读马洛里的作品。在此之前,她的儿子都自动地继承了家里人用过的名字,比如赫伯特、查尔斯、罗伯特、威廉,但出于某种原因,在生下第五个儿子的时候,别人就起名的问题征求她的意见,于是她建议取名凯,而亨利并没有反对。他当时心情很好,说:"都依你。"她记得,即使在她虚弱的时候,她也认为亨利很慷慨。她低头望着新生婴儿那张皱巴巴红扑扑的脸(这是她生的第六个孩子,她已经看惯了婴儿那皱巴巴红扑扑的脸),她意识到,这个小家伙连名字都不能自行选择,而她肩负着责任,要将他培养成才,就如同制造一艘战舰,只是她要建造的不是炮塔、甲板和大炮,而是要培养健康的身体和聪慧的头脑。给孩子取名为凯,公平吗?一个名字,一个标签,施加了一种看不见却持续存在的压力。据说人们有什么样的名字,就会长成什么样的人。但是,不管怎么说,凯长大后并不是一个过分浪漫的人,当然,他与哥哥姐姐们也没有半分相似。

然而,在她所有的孩子中,只有凯和伊迪丝继承了母亲的一些特质。凯整日摆弄星盘,伊迪丝则经常把事情搞得乱七八糟。嘉莉一向很少给她添麻烦,靠自己的努力进入这个世界。长子赫伯特是在众人的期待中出生的,但她分娩时受了很大的罪。威廉曾是一个吝啬、沉默寡言的婴儿,长着一双小眼睛。他也很贪婪,好像决心要榨取她胸脯里所有的奶水,就像如今他和他的伴侣拉维尼娅决心要榨取当地奶牛场的全部利益一样。查尔斯一刻不肯消停,就像现在喜欢发牢骚一样,只是当时他对陆军部一无所知。伊迪丝生下来时没有呼吸,是被人拍打后才喘上了气,这一辈子从头至尾都没有把生活过好。而事实是,她只在凯和伊迪丝身上发现了情感共鸣。其余的孩子更像亨利,只是他从没把精力花在他们的身上。然而,当她的孩子还是婴儿时——那些脆弱的小生命如此幼小虚弱,以至于只有在支撑着他们不稳的头颅时,才敢让他们坐起来——她为了弥补自己失去的自由,曾努力期待着那一天的到来:期盼他们头骨上的脉搏不再那样恐怖而明显地跳动;期盼他们对生命的依附不再如此危险且脆弱;期盼着自己不再害怕,在没有保姆的情况下俯身在摇篮前时,孩子们会突然停止呼吸。她期待着他们有一天能形成自己的性格,拥有与父母不同的观点,为自己做好计划和安排。而即使在这方面,她也未能如愿,深感挫败。"以后赫伯特从学校给我们写信,"当时,她和亨利站在一起,俯视着躺在小床上的赫伯特,这么对他说,"我们该多开心啊。"亨利不喜欢这句话。她立刻觉察到了他的不赞同。亨利认为,所有真正的女人都应该希望自己的孩子无依无助,不愿看到他们开始长大。在这种女人眼中,婴儿服应该比罩衫更可取,罩衫胜过灯笼短裤,短裤则好过长裤。亨利对女人和母性的看法非常明确,且极富男性色彩。他暗自为两个正在成长的小儿子感到骄傲,但他还是对自己假装,到目前为止,照顾他们完全是母亲的责任。就这样,她努力采纳了亨利的观点。赫伯特两岁时就失了宠,取而代之的是嘉莉。而在嘉莉一岁那年,最受宠的是查尔斯。人们对她的期许便是要她照顾刚出生的婴儿。但这一切都不真实。她一直明白,孩子们的自我就像亨利的自我,都离她非常遥远,或者确切地说,是离她的自我非常遥远。

一些令人震惊、违背常规的想法在她的脑海中浮现:"要是我没有结婚就好了……要是我没有孩子就好了。"然而她爱亨利,爱到心痛,她也爱孩子们,爱到多愁善感。她编织了一些对他们的看法,并在私下深谈时向亨利吐露。她说,赫伯特也许会成为一名政治家,因为他(在十二岁那年)问过她关于当地政府的问题。而四岁的凯请求她带他去看泰姬陵。亨利纵容她,任由她发挥想象,却没有觉察到实际上她也在迁就他。

但是,这一切与亨利的抱负相比都不算什么,正是亨利的理想驱使她走上了一条荆棘丛生的道路。亨利对世界的一切看法都与她自己的想法背道而驰。他们一个是现实主义者,一个是理想主义者,分别代表了极端对立的两种观点,不同之处在于,亨利不需要掩饰他的信条,而她必须保护自己的信条不受羞辱和嘲笑。然而,困惑又一次笼罩着她。有时她也能体会到亨利经常玩的那种重要游戏有多刺激。她当不成画家,但她仍然强忍痛苦,在想象中向往着艺术家的理想生活，可有时，她又觉得，与帝国、政治和男人间的斗争这些男性事务相比，艺术家那种私人、专业、热烈而美好的生活，似乎显得太过可怜、自私和过分娇弱了。有时候，她在理智和情感上都能理解一点：亨利渴望的是充满行动的人生，而她渴望的则是沉思的生活。他们确实是一个割裂世界的两个不同部分。

第三部分

我们所过的这一生,虽有气息,却早已消亡。

  死亡踏上了朝圣之旅,

  它步履蹒跚,走过了第一段短短的路程。

      ——克里斯蒂娜·罗塞蒂

  夏天过去了,十月的天气不再温暖,斯莱恩伯爵夫人不能像往常一样坐在花园里了。要呼吸新鲜空气,她必须出去散散步。热努给她穿上斗篷和皮衣,陪她走到前门,以确保她在途中没有把身上的厚衣服丢在门厅里。热努从橱柜里拖出一件又一件衣服,斯莱恩伯爵夫人有时会抗议。"可是,热努,你把我裹得像个包袱。"热努把最后一件斗篷紧紧地挂在她的肩上,回答道:"夫人高贵优雅,一点也不像包袱[1]。""你还记

---

[1] 原文为法语:Miladi est bien trop distinguée pour avoir jamais l'air d'un vieux bundle。——译者注

得吗,热努,"斯莱恩伯爵夫人戴上手套说,"你总是要我穿上羊毛长筒袜去参加晚宴?"这的确是事实。在寒冷的天气,热努从来不愿意拿出丝袜让女主人来搭配晚礼服。哪怕女主人非要穿,热努也会左劝右劝,让女主人在丝袜里面套一双羊毛袜。"可为什么不穿呢?[1]"热努明智地回答道,"在这种时候,女士们,即使是年轻的女士们,也要穿厚长裙,还要再套一条衬裙覆盖住脚踝。脚踝露在外面,就容易感冒。夫人在参加晚宴的时候想要脱掉连裤衫,尤其是晚上天气变冷的时候,就更容易着凉了。"她陪着斯莱恩伯爵夫人下楼,边走边用这种语调说着话。自从离开榆树公园大街,以及那个有着冷漠、谨慎的英国仆人的家后,她渐渐变得健谈起来。她在斯莱恩伯爵夫人

---

[1] 原文为法语:Mais pourquoi pas, milady, dans ce temps-là les dames, même les jeunes dames, portaient les jupes convenablement longues, et un jupon par dessus le marché. Pourquoi s'enrhumer, pour des chevilles qui n'y paraissent pas? C'était la même histoire pour les combinaisons que miladi voulait à tout prix ôter pour le dîner, précisément au soir lorsqu'il fait plus froid。——译者注

身旁徘徊,大惊小怪地说着,责备的话语中充满了关怀。"夫人向来都不会善待自己。要是夫人听热努的就好了。刚进十月那几天天气很冷,不知不觉就会着凉。夫人都这把年纪了,不能由着性子来了[1]。""别用衣服把我埋起来,我还没到入土的时候,热努。"斯莱恩伯爵夫人说,打断了热努的英式悲观。

她小心翼翼地走下台阶,因为下过霜,台阶可能会很滑。她知道热努会看着她走出视线,所以到了拐角处,她必须转过身来挥手。她若忘了转身,热努会伤心的。然而,光是挥手并不能使热努放心,要等到那裹得严严实实的老太太平安回到房子里,她才会高兴起来。她会把夫人拉进来,为她脱下靴子,拿来拖鞋,也许还会端来一杯热汤,把她的衣服拿走,让她在起居室的火炉旁看书。然而,尽管热努爱用嘶哑的声音讲格言谚语,她却是一个快乐而富有哲理的老

---

[1] 原文为法语:Miladi n'a jamais su se soigner. Elle ferait beaucoup mieux d'écouter sa vieille Genoux. Les premiers jours d'octobre, c'est tout ce qu'il y a de plus malin. Ça vous attrape sans crier gare. A l'âge de miladi on ne doit pas prendre de libertés。——译者注

人，充满了农民的坚强和智慧。斯莱恩伯爵夫人尽职地转身挥手，热努也向她挥了挥手。接着，斯莱恩伯爵夫人转过拐角，慢慢地朝荒野公园走去。热努则回到厨房，一边忙着摆弄锅碗瓢盆，一边和猫说话。斯莱恩伯爵夫人经常听到她和猫说话。"过来，小啵啵[1]。"她说，"有好吃的，都给你。"这句是用英语说的，她认为英国的动物只懂英语。有一次，她听到胡狼吠叫，便对斯莱恩伯爵夫人说："夫人，这可真有意思，一听这胡狼就不是英国的。[2]"是啊，她和热努现在过着平和的生活，斯莱恩伯爵夫人一边想着，一边慢慢地向山上的荒野公园走去。她和热努过着不受干扰的生活，两个人亲密无间，由感激和忠诚的纽带联系在一起。她们也都在心里暗暗猜测，到底谁会撇下另一个，先离开这个人世。每次为数不多的访客离开，前门一关，主仆二人都会因为不速之客的离去而

---

1 原文为法语：Viens, mon bo-bo。——译者注
2 原文为法语：C'est drôle tout de même, miladi, comme on entend tout de suite que ce ne sont pas des Anglais。——译者注

松一口气。她们只希望能按部就班地过日子,事实上,所剩的精力也只够她们做到这一点。再多做一点事,她们就会觉得疲惫不堪,只是从未向对方承认而已。

所幸很少有人登门造访。起初,斯莱恩伯爵夫人的子女们轮流登门,毕竟这是他们的责任,不过他们大都向母亲明确表示,来汉普斯特德极不方便,于是她请求他们不要再费力前来,大多数时候,他们都会照办。斯莱恩伯爵夫人很精明,她能想象出他们为了安抚自己的良心会说些什么:"好吧,我们早就请母亲和我们住在一起……"只有伊迪丝一个人表示愿意经常来,用她的话说,她是来帮忙的。但伊迪丝现在住在自己的公寓里,过着幸福的生活,很容易就能断定母亲其实并不需要她。斯莱恩伯爵夫人有一段时间没见到凯了。上次他来的时候,犹豫了半天,才尴尬地说他的一个朋友菲茨乔治希望能来拜访她。"我想,"凯戳着炉火说,"他说他在印度见过你。""印度?"斯莱恩伯爵夫人含糊地说,"很有可能,亲爱的,但我不记得有谁叫这个名字。你也知道,来的人有很多。光是午宴就有二十来人。凯，你觉得能不能让他过段时间再来？我不想无礼，但不知怎的，我似乎对陌生人失去了兴趣。"

菲茨说曾见过摇篮里的他，凯很想问母亲这是什么意思。事实上，他到汉普斯特德来，就是决心要解开这个谜团的。当然，他没问就走了。

曾孙们没有来过。斯莱恩伯爵夫人不许他们来。孙辈不计算在内，作为中间的一代，他们可以忽略不计。曾孙们虽然谈不上微不足道，却可能打扰到斯莱恩伯爵夫人，于是她不许他们上门来。斯莱恩伯爵夫人一直坚持这一点，最温顺的人有时就会突然表现出这种奇怪的坚定。巴克特劳特先生是唯一的常客，每周二来喝一次茶。但巴克特劳特先生的来访并不会使她感到疲倦。他们坐在炉火的两边，不点灯，巴克特劳特先生说着话，像潺潺的小溪一样滔滔不绝，斯莱恩伯爵夫人可以听也可以不听，全凭她自己的意愿。

荒野公园里，一棵棵棕色的树拔地而起，远方的天空一片蔚蓝，可谓美轮美奂。斯莱恩伯爵夫人坐在长凳上休息。有几个小男孩在放风筝，他们拖着线跑过草坪，风筝像一只笨拙的鸟，拖着歪歪扭扭的尾巴在天空中越升越高。斯莱恩伯爵夫人还记得在中国见过小男孩放风筝。在外国留下的记忆和当下身处英国的生活经常在她的脑海里互相交错，混合重叠在一起，有时她不禁怀疑自己的记忆是否变得有点混乱，不然这两种印象怎会同时出现？她和亨利在北京附近的山坡上，马夫在一段距离外遛马。另一个画面出现：她独自一人，身着一身黑衣，坐在汉普斯特德荒野公园的长凳上休息。不过，好在伦敦的烟囱让她知道自己身在何方。毫无疑问，这些小男孩是衣衫褴褛的伦敦人，而不是穿着脏兮兮的蓝棉袄的外邦孩童。她在坚硬的长凳上稍微挪动一下，患有风湿病的四肢立即传来一阵疼痛，而在过去，她会和亨利一起慢跑上烧焦的山坡，她的身体年轻又健康。她努力重拾那种幸福的感觉，却发现根本不可能做到。内心有个声音受到召唤，尽职尽责从过去而来，就像某种古老缥缈的旋律飘进回忆的边缘，用语言为她再现了那种真实的感觉，而没有在她迟钝衰老的身体上引起任何反应。她对自己说，她曾经在夏天的早晨醒来，便渴望从床上跳起来,迎着风奔跑,享受纯粹旺盛的精神带来的愉悦。她盼着重新振作精神,等到公事完结的一刻,她就可以在黑暗中投入亨利的怀抱。如今这一切都只能是空话,不会成为现实。唯一的现实便是她和热努的日常生活,是她们生活中微小的乐趣,比如小商贩在后门按动的铃声,从穆迪书店送来的一包书,讨论应该买松饼还是松脆饼,好在周二招待巴克特劳特先生。此外,她会因为嘉莉宣布要来拜访而焦虑不安,还有就是她身体上的疾病越来越严重,而她居然开始对这些疾病有了相当的好感。事实上,她的身体已经成为她的伴侣,是永恒的资源,也是她需要关注的对象。身体上所有只有自己才知道的小毛病,年轻时无足轻重,很容易消除,但到了老年就变得严重,并实现了它们一直威胁要实行的暴政。然而,这是一种令人愉快而有趣的暴政。一阵腰痛袭来,她小心翼翼地从椅子上站起来,这使她想起了她在涅尔维拉伤腰部的那一天。从那时起,她就落下了腰疼的毛病。她很清楚自己的牙齿已然变得脆弱,所以格外小心,只用一边嚼东西,从不使用另一边。她本能地弯曲了一根手指，也就是左手的第三根手指，以缓解神经性的疼痛。由于一根脚趾的指甲向里生长，热努只好小心翼翼地使用鞋拔子。身体的所有这些部位都变得非常个人化：我的腰，我的牙齿，我的手指，以及我的脚趾。依然只有热努明白，当她蹲坐在椅子上时突然惊叫一声是怎么回事。她和热努之间的联系因此得到了加强，这是一种专属的亲密，仿佛恋人般熟悉彼此的身体。她现在的生活就是由这些小事构成的：与热努的交流，对自己日渐衰弱的身体的关注，巴克特劳特先生的殷勤和每周的拜访，在寒冷的早晨愉快地看小男孩们在荒野公园里放风筝，甚至还包括提心吊胆，生怕在结了霜的台阶上滑倒，毕竟她很清楚自己这副老骨头有多脆弱。一切都是那么渺小，根本微不足道，只有在那个巨大背景的衬托下，才显得高贵。这个背景，就是死亡。某些意大利画作描绘了树木，比如白杨树、柳树、赤杨，每一片叶子都是分开的，脉络清晰，映衬着半透明的青色天空。她现在生活中那些细小的事件就如同形状美观的树叶，都具有这样的品质：与光明和永恒并驾齐驱，因此不再无足轻重。

每当她想起，除了那终极冒险，现在没有什么冒险会降临到她头上，而其他一切冒险都不过是在准备迎接那终极冒险的时候，她就感到很得意，觉得自己摆脱了明显的卑微，也摆脱了过分苛刻的生活。

然而，她判断失误，忘记了一点：除非到生命的最后一刻，否则生活中时刻都充满了无穷无尽的惊喜。那天下午，她回到家里，发现大厅的桌上放着一顶十分特别的方形男帽，热努兴奋地低声告诉她："夫人！来了一位先生……我告诉他夫人出去了，但他不听……他在客厅等夫人。要不要送茶过去？夫人把鞋子脱下来吧，别把屋里弄湿了。[1]"斯莱恩伯爵夫人回忆着与菲茨乔治先生见面的情形。菲茨乔治先生也在回忆他与斯莱恩伯爵夫人见面的情形。他等了很久，希望凯能带他去见斯莱恩伯爵夫人，可对方迟

---

[1] 原文为法语：Miladi! il y a un monsieur … je lui ai dit que miladi était sortie, mais c'est un monsieur qui n'écoute pas… il attend miladi au salon. Miladi ôtera bien ses souliers, de peur qu'ils ne soient humides。——译者注

迟迟没有行动，于是他掌握主动权，独自前往。他有百万身家，却依然吝啬，他乘地铁去了汉普斯特德，下了地铁便步行。来到斯莱恩伯爵夫人家门前，他停下来，以鉴赏家的眼光打量着这栋乔治王朝时代房屋的气派。"啊，"他满意地说，"可见女主人很有品位。"他很快就发现自己大错特错，当他不顾热努的反对强行进入大厅时，发现斯莱恩伯爵夫人根本不具备任何品位。这下子他反而更高兴了。热努勉强带他进入的是一个简单舒适的房间。"扶手椅上铺着印花棉布，灯摆放的位置正好。"他一边踱来踱去，一边喃喃地评价道。一想到即将再次见到斯莱恩伯爵夫人，他不由得激动起来。可当她进来，一看就知道她不记得他了。她又恢复了在总督府养成的礼节，礼貌地向他打招呼。她为自己来迟向他道歉，请他坐下，并表示凯提到过他，茶点马上就来。但她显然并不清楚他来这一趟有什么目的。也许她猜测他是想给她丈夫写传记？菲茨乔治先生想到这一点，突然咯咯地笑了起来，在女主人看来，他笑得有些莫名其妙。他无法立刻解释，在半个多世纪前的加尔各答，触动他想象力的是总督夫人,而不是总督。

如此一来,他不得不解释说,他年轻时曾带着介绍信到过总督府,却只是被敷衍地请去用餐。然而,菲茨乔治先生并不感到尴尬,可以超然对待这种社会习俗。他简单介绍了自己的情况,毫不躲闪。"你看,"他说,"我是一个默默无闻的年轻人,我那身份不明的父亲给我留下了一大笔财产,希望我能环游世界。我自然很高兴能利用这样一个机会。这能满足我自己的愿望,也能让别人安心,何乐而不为呢。那些律师,也就是我的监护人,称赞我雷厉风行,很好地执行了父亲在遗嘱中所表达的愿望。"他干巴巴地补充说,"对他们这些在林肯律师学院里蹉跎的老糊涂来说,一个听从父亲的建议离开伦敦去远东的年轻人,确实称得上孝顺。我猜想,在他们眼里,沙夫茨伯里大街的剧院后门都比广州的集市更有吸引力。他们错了。斯莱恩伯爵夫人,我今天收藏的宝物有一半都归功于六十年前的那次环球旅行。"

很明显,斯莱恩伯爵夫人从未听说过他的收藏,她如实相告。他很高兴,就像发现她没有品位时那样高兴。

"好极了,斯莱恩伯爵夫人!我想,我的收藏至少比莫非波洛斯家族的藏品值钱一倍,也出名一倍,不过,我得补充一句,我付的钱,只是那些藏品现在价值的百分之一。而且,与大多数专家不同的是,我从来没有忽视过美。光是稀有和年代古老对我来说还不够。还必须美,至少要工艺高超。事实证明我是对的。现在,放眼任何一家博物馆,都得用最好的陈列柜来展出我的收藏品。"斯莱恩伯爵夫人对这些事一无所知,却被这种天真幼稚的自夸逗乐了。她鼓励他,这个人既天真又饶舌,还拥有美丽的藏品,今日突然造访她家,坐在她家的火炉旁夸夸其谈。他忘记提起加尔各答的宴会,也忘记提起他和凯的友谊,而他来这一趟,只有这两个合理的理由。从一开始,他在她眼里就是个完全超然孤立的人物。没人知道他的父母是何许人,他也没有合法的姓氏,但他就是他自己,这一事实使他在她的眼中具有某种传奇般的魅力。在她的一生中,她受够了那些以世俗身份为通行证的人。菲茨乔治先生便没有这样的通行证。甚至连他的财富也算不上通行证，毕竟他守财奴的名声在外，哪怕最乐观人，也知道不可能从他身上谋求到半点利益。奇怪的是，斯莱恩伯爵夫人并没有因为他的贪婪而生气，虽然儿子威廉的贪婪让她十分恼火。威廉和拉维尼娅偷偷地贪婪，他们的吝啬是天生的行为，这种过度的节俭已经深入他们的骨髓。她记得在他们订婚时，她觉得他们二人结合的真正原因便是他们都是吝啬之人，只是他们并不坦率承认，还试图掩盖。菲茨乔治先生在更大的范围内纵容自己的弱点，毫不掩饰。斯莱恩伯爵夫人喜欢那些即使有恶习也不以为耻，鄙视一切虚伪伪装的人。因此，当菲茨乔治先生告诉她，他讨厌花钱，只有看到美轮美奂的东西，抵制不住不可抗拒的诱惑，才会豪掷千金，而且还必须讨价还价，才能得到安慰，她笑了起来，坦率地向他表示敬意。他隔着炉火望着她。她注意到他的外套破旧不堪。"我还记得，"他说，"你在加尔各答也笑过我。"

他似乎记得加尔各答的许多事。"斯莱恩伯爵夫人，"当她夸奖他出色的记忆力时，他巧妙回答道，

"你难道还没注意到,年轻时的回忆会随着年龄的增长而越来越清晰吗?"那个小小的"还"字逗得她又笑了起来:有的男人就是这样,喜欢哄骗女人相信自己依然年轻。她已经八十八岁了,但男女之间的纽带仍然像眼镜蛇一样盘绕在他们之间。她已有很多年没体会到这种刺激了。这样的再现实属意外,一闪而过,是一种告别,在她心里搅起了奇怪的感受,唤醒了某种她无法完全捕捉的旋律的回声。她以前真的见过菲茨乔治吗?还是说,他那轻浮的老派殷勤只是勾起了她的记忆,让她想起多年来很多男人向她投来的爱慕眼光?不管是什么原因,他的出现使她感到不安,不过她不能假装,心中那种微弱的悸动确实带来了一丝愉悦。他也看着她,仿佛在说,只要他愿意,就可以向她解释。他走后,她没有看书,整个晚上都坐在那里,凝视着炉火。她心有疑惑,试图回忆,试图用手抓住某个依然十分诱人的东西,那东西就在拐角处,偏偏她怎么也够不着。有什么东西在碰她,就像钟锤敲击着废弃尖塔上满是裂纹的旧钟一样。山谷里没有音乐传来,尖塔内部却响起了一阵刺痛的震动,惊扰了窝里的椋鸟,蜘蛛网也在不住地颤抖。

第二天早上,她自然嘲笑自己前一天晚上竟会如此思绪纷乱。说来也怪,她怎么会如此多愁善感?整整两个小时,她一直像个小姑娘一样做着梦!这都是菲茨乔治的错,他那样走进她的屋子,坐在她的火炉旁,仿佛他有权待在那里,他谈起过去,温柔地取笑她年轻时做总督夫人有多威风。他注视着她,讲起话来说一半留一半,他略带嘲讽,却又不失殷勤,他的爱慕是由衷而发,心里还暗藏着一份感动。虽然他的态度还停留在表面上,但她知道他的来访对他并非没有意义。她想知道他是否会再来。要是那位先生再来,要不要放他进来?热努问。下次她会做好准备,好好招待他,再也不会让他把她像昨天的报纸一样推开,直接走进大厅,把滑稽的小帽子放在桌子上。"啊,老天,夫人,那顶帽子可真滑稽啊![1]"她笑得弯了腰,一边笑一边用手揉着大腿。斯莱恩伯爵

---

[1] 原文为法语:Ah, mon Dieu, miladi, quel drôle de chapeau。——译者注

夫人很喜欢热努——遇到有趣的事就发自真心地开心。作为回应,她也就菲茨乔治先生的帽子笑了笑。他是从哪里弄到那帽子的?热努这么问道。我以前从没见过这种式样的帽子。[1]是专门为他定制的吗?还有他的围巾……夫人看见了吗?都是格子图案,像个马夫。"还真是别具一格呢。"热努睿智地总结道。但是,与英国仆人不同的是,她不仅对取笑菲茨乔治先生感兴趣,她想更深入地了解他。她说,这样的生活真可怜,孤苦无依。他从未结过婚吗?他看上去不像结过婚。她跟着斯莱恩伯爵夫人走来走去,希望能从夫人那里探听到消息,可惜夫人什么也不知道。他手艺不错,沏的茶很香,热努这么说。她注意到他的外套破破烂烂,像个穷光蛋:"街角卖松饼的小贩就这么穿。[2]"当斯莱恩伯爵夫人相当平静地告诉她,据她所知,菲茨乔治先生是个百万富翁时,她显然很失

---

[1] 原文为法语:car jamais je n'ai vu un pareil chapeau en devanture。——译者注
[2] 原文为法语:J'ai vite couru au coin de la rue, attraper l'homme aux muffins。——译者注

望。"百万富翁！居然穿成这样！[1]"热努怎么也想不通。不过还是简而言之吧，下次他来，她该不该让他进屋呢？

斯莱恩伯爵夫人说，她认为菲茨乔治先生不会再来了，即便嘴上这么说，她还是发现自己在撒谎：明明菲茨乔治先生临走时还拉着她的手，表示希望以后还可以登门造访。她为什么要对热努撒谎呢？"是的，让他进来吧。"她说着，朝起居室走去。

就这样，现在有三位老先生经常来探访斯莱恩伯爵夫人，分别是巴克特劳特先生、戈什隆先生和菲茨乔治先生。这是一个奇怪的三人组，一位房产经纪，一位建筑工人，还有一位鉴赏家！三人都上了年纪，性格古怪，不谙世故。说来多么奇怪，她的整个人生，比如那些公共活动，她的子女，还有亨利都离她而去了。在生命结束前的这一小段时间里，全新的生活拉开了序幕，是那么充实，那么令人满意。在她看

---

1 原文为法语：Un milliardaire! et s'affubler comme ça! ——译者注

来,新生活是她一手创造的,只是她想象不出自己是如何做到的。"也许,"她大声说,"人到最后,总能得到想要的一切。"她取下一本旧书,随意打开读了起来:

> 停止你的誓言,别再山盟海誓,
> 停止你的浮华,别再沉溺虚荣,
> 停止你的仇恨,别再亵渎辱骂,
> 停止你的恶意,别再嫉妒蒙眼,
> 停止你的愤怒,别再淫荡纵欲,
> 停止你的欺骗,别再蒙蔽造假,
> 管住你的舌头,莫让诽谤出口。

她看了看日期,登时觉得不可思议:有人在一四九三年就说出了她的心愿。

她继续读下一节:

> 逃离谎言与善变,莫要粗俗和堕落,
> 逃离致命的谄媚,莫信花言和巧语,

逃离美丽的伪装，莫听堕落的谎言，

逃离人际的交往，莫从虚伪的不忠，

逃离疯狂的攻击，莫任刚愎与乖僻，

逃离愚人的谬论，莫行盲目与妄想，

逃离胡言与乱语，莫坠恭维与奉承。

除了喜欢幻想之外，对其他的一切，她无不避而远之。三位老先生都是她的幻想，不，她微笑着修正，心想他们应该是她的异想天开才对。至于浮华、虚荣和诋毁的舌头，这些东西现在再也不会进入她的门槛了，除非嘉莉裹挟着一阵冷风，把它们带进来。接着，她突然想起自己竟欣然接受了菲茨乔治先生，把他列为自己的密友：除了临别时说几句客套话之外，她还有什么理由认为他会再来呢？

可他的确又登门了，她听到热努在大厅里像欢迎老朋友一样欢迎他。是的，夫人在家，是的，夫人说过她随时乐意接待先生。斯莱恩伯爵夫人听着，只盼着热努不要代表她那么热情好客。她现在一点也拿不准自己是否愿意让菲茨乔治先生闯入自己的私人领地。她必须让凯去暗示暗示他。

然而,她还是穿着她那件柔软的黑衣裳,站起身来,带着他记忆中的微笑向他伸出手来。为什么不呢?毕竟,他们两个都老了,年至耄耋,他们一直都很清楚自己的年龄,既然这么老了,他们就像两只猫一样坐在炉火两边,烤着自己的老骨头,伸出透明的手映着粉红色的火光,轻松随意地谈天说地。斯莱恩伯爵夫人一生都让人们感到,他们只要想就可以和她聊聊,不愿意说的时候就可以闭口不谈,这也是亨利·霍兰德最初决定娶她的原因之一。她周身散发着沉静的气质,也能理解别人对安静的追求。亨利·霍兰德说过,很少有女人能安静而不沉闷,很少有女人能滔滔不绝而不令人厌烦。亨利·霍兰德虽然喜欢女人,但对女人的评价很低。除了他自己的妻子,没有哪个女人能使他满意。菲茨乔治确实精明,在加尔各答就看出了这一点。天知道,总督在加尔各答被许多漂亮活泼的女人包围着。女人们面对他表现出的亲密和专一,全都心花怒放,受到了蒙蔽。她没什么品位,这真是谢天谢地,菲茨乔治先生心想。他对那些以自身品位为傲的女人深恶痛绝,她们觉得自己与身为鉴赏家的他旗鼓相当。然而,装饰和真正的美可谓天差地别。他的艺术品属于一个不同的世界,与有品位的女人所布置的精美家居装饰截然不同。他温柔地看着斯莱恩伯爵夫人的粉色灯罩和土耳其地毯。一个人想要美,只需要把目光放在她身上即可,她是那么精致、古老、可爱,就像一尊象牙雕塑。她的四肢像流水一样搭在椅子上,纤细柔软,火光在她的面容和雪白的头发上投下玫瑰色的光影。老年人的面容散发着特有的美,是年轻人永远不可能拥有的。年轻人的面孔犹如一张白纸,绝不可能如此沉静安定,仿佛一切匆忙、一切行动都已是过眼云烟,只剩下等待和默许。他庆幸自己没有见过中年的她,如此一来,他记忆中她年轻、活泼、激情四射的样子就不会受到玷污,如今,在人生的终点与她重逢,关于她的这段记忆便可画上完美的句点了。还是那个女人,但他对她中年的境遇一无所知。

他意识到自己已经整整五分钟没说话了。斯莱恩伯爵夫人似乎把他忘了。然而她并没有睡着,只是静静地望着炉火,双手像往常一样垂着,一只脚搁在炉围上。她竟然如此自然地接受了他,他不由得心生惊诧。"但我们都老了,"他心想,"感知能力大不如前。她理所当然地认为我应该坐在这里,好像我认识她一辈子似的。""斯莱恩伯爵夫人,"他大声说,"想来做总督夫人的日子,你过得并不愉快吧?"

他的声音总是那么刺耳,透着浓重的讥讽,即使面对的人是她,他也没有试着软化语气。他轻视人类,对他们充满了鄙夷,因此说话很少不带嘲讽。凯是他唯一的朋友,但即使是凯,也经常受到他的奚落。

斯莱恩伯爵夫人听了这话一愣,对亨利的忠诚浮现在她的心里。"即使是总督夫人,也自有用处,菲茨乔治先生。"

"但不适合你这样的人,"菲茨乔治先生说,颇有些冥顽不灵,"你知道吗,"他向前倾着身子说,"看到你深受桎梏,周旋于一出出哑剧之中,我真的很难过。你顺从了,完成了自己的任务,啊,这实在令人钦佩!但你一直在否认自己的本性。我还记得,在晚宴开始前,大家等着你和斯莱恩伯爵出现。我们聚集在一个大客厅里,那儿少说也有三十个人,个个穿金戴银,身着制服,站在巨大的地毯上,多少有点傻。我记得有一盏巨大的枝形吊灯,上面插满了蜡烛。每当头顶上方有人走过,它就叮当作响。我想知道弄响它的,是不是你的脚步声。一扇大大的折叠门打开,你和总督走了进来,所有的妇女都行了屈膝礼。用餐完毕,你们游走于客人之间,和每人都寒暄一番。你穿着白色衣服,头发上别着钻石,问我愿不愿意去狩猎大型猎物。我猜你认为有钱的年轻人都喜欢这样的消遣。你不可能知道我讨厌虐杀动物。我谢绝了你的好意,还说自己只是个旅客。你面带微笑,神情专注,但我相信并没有把我的回答听进去。你在琢磨该对下一个人说什么,毫无疑问,你同样泰然自若地说了一些同样不恰当的话。后来,是总督而不是你,提议我陪你们一起旅行。"

"陪我们一起旅行?"斯莱恩伯爵夫人惊讶地说。

"你也知道,他常常以轻松可亲的态度,向人们提出各种建议。有一半的时间,人们都知道他不过是随口说说，并非真心，他也从不指望人们按照他的话去做。人们应该鞠躬并说'非常感谢你，那实在是太好了'，从此不再提起。他会说，中国？是的，我下周要去中国，中国是非常有趣的国家。你应该和我一起去。有人若当真相信他的话，他一定会大吃一惊。不过，我敢说，以他那彬彬有礼的举止，他一定会把惊讶隐藏起来的。斯莱恩伯爵夫人，是这样吧？"

他没有等着听对方的回答，就继续说了下去。"但这一次，确实有人相信了他的话。这个人就是我。他说，你是个古玩家，菲茨乔治。他其实压根儿不清楚什么是古玩家。你是个古玩家，他说，况且你也没什么急事，那为什么不和我们一起去法特赫布尔西克里呢？"斯莱恩伯爵夫人脑子里破碎的拼图突然拼凑完整了。那些含糊不清的音符重新组合成了连续的曲调。她仿佛再次来到了印度那座无人居住的城市，站在阳台上望着褐色的景色，不时冒出的阵阵尘土指出了通往阿格拉的道路。她把双臂搭在温暖的护墙上，慢慢地旋转着手里的阳伞。她之所以转伞，是因为她有点不自在。在这里，只剩下了她和身边的年轻男子。总督并没有和他们在一起,而是随着一群身穿白色制服、戴着遮阳帽的官员,去视察珍珠母清真寺了。他用手杖指了指,说应该把斑鸠从屋檐下清除出去。斯莱恩伯爵夫人身边的年轻人轻声说,很遗憾斑鸠遭了殃,既然人类遗弃了一座城市,为什么不能由着斑鸠去住呢?他继续说,大可以由着斑鸠、猴子和鹦鹉占据这个地方。突然,一群翠绿色的长尾小鹦鹉从他们身边飞过,在空中唧唧啾啾叫个不停。他抬起头补充说,看看它们那绿色的羽毛,映衬着粉红色的墙壁。鸟群又转了一圈,就像一把绿宝石落进了这栋诗人之家。他说,在一个有着清真寺、宫殿和宫廷,只住着鸟兽的城市里,氛围是不同寻常的。他真希望看到老虎爬上阿克巴[1]的台阶,眼镜蛇整齐地蜷曲在议事厅里。在他看来,它们比穿着靴子、戴着遮阳帽的人更适合待在这座红色的城市里。斯莱恩伯爵夫人一面保持警惕,观察总督一行人的一举一动,一面微微笑着听他诉说内心的想法,还夸赞菲茨乔治先生是

---

[1] 印度莫卧儿帝国皇帝。——译者注

个浪漫主义者。

菲茨乔治先生。现在她想起了这个名字。名字千千万,她忘记了这一个,也没什么稀奇。但她现在记起来了,同时也想起了她挖苦他时,他向自己投来的眼神。这不仅仅是一个眼神,还是他创造的一个时刻,他凝视着她的眼眸,把他不敢说或不愿说的一切暗示都融入了目光里。她觉得自己好像赤身裸体地站在他面前。

"是的。"他说,在汉普斯特德隔着炉火望着她,"你是对的:我是个浪漫主义者。"

听到他也想起了同样的往事,还大声说了出来,她不禁吃了一惊。那么,那一刻对他和她来说,具有同样的意义,也同样不可磨灭吗?这件事的意义确实给她造成了困扰,而且在一段时间里,尽管她不愿承认,却真真切切感到非常不安。她对亨利忠贞不贰。可是,自从菲茨乔治这个她几乎记不住名字的四处云游的年轻人走了以后,她就觉得好像有人在她内心深处最隐秘的角落里引爆了炸药。有人一眼就发现并进入了那间连她自己都不知道如何前往的密室。他确实大胆，竟然看透了她的灵魂。

"很奇怪，是不是？"他说，目光依然在她身上。

"在阿格拉与我们分手之后，"斯莱恩伯爵夫人寻找话题说，她不愿承认他曾经动摇过她，"你去干什么了？"

"我去克什米尔了。"菲茨乔治先生说着，向后靠在椅子上，指尖合在一起。"有两个礼拜，我住在船屋里，顺着河水逆流而上。所以我有足够的时间思考。我凝视着大片大片粉红色的荷花，心里想到的是一个穿着白色连衣裙的年轻女子，那么尽职尽责，训练有素，她的心里藏着一团火。我常常自以为有那么一瞬间，我已经接近了她，但我还记得，在对视一眼后，她就转过身走开，去找她的丈夫了。但她这么做是因为害怕，还是意在责备我，我永远无法确定。也许两者兼而有之。"

"她即便是害怕，"斯莱恩伯爵夫人说，这话把她自己和菲茨乔治都吓了一跳，"那也是在怕她自己，并非害怕你。"

"我也没有自以为是，以为她是在害怕我。"菲茨乔治先生说,"即便是在当时,我也知道自己不讨女人喜欢,尤其是像你这样美丽、优秀的年轻女人。况且这也不是我想要的。"他说,摆出一副老处女般滑稽可笑的样子,蔑视地望着她。

"当然。"斯莱恩伯爵夫人说,尊重这一闪而过却受挫的骄傲。

"不,"菲茨乔治先生平静了下来,说道,"不是的。可你知道,"他补充说,他被某些回忆刺痛了,又恢复了坦诚,"那之前我从来没有爱过哪个女人,以后也没有,但我在法特赫布尔西克里爱上了你。我想我在加尔各答那可笑的晚宴上就已经爱上你了,否则我也不会去法特赫布尔西克里。我偏离了自己的路线。男人、女人或孩子……我从不曾为任何人这么做过。我是个彻头彻尾的利己主义者,斯莱恩伯爵夫人。你最好知道这一点。只有艺术品能诱惑我偏离既定路线。离开克什米尔后我去了中国,在那里,我沉浸在艺术品中不能自拔,很快就把你忘了。"

如此示爱,真是奇怪又无礼,也很愚蠢,导致各种感觉在斯莱恩伯爵夫人心里杂糅翻涌。这对她对亨利的忠诚形成了冲击，也扰乱了她平静的老年生活。年轻时的困惑再度来袭。她有点吃惊，但吃惊之余，她的心里也有些欢喜。这是她万万没有想到的，她现在的生活只剩下了回忆，只有唯一一个期待。这就好像菲茨乔治先生不怀好意，有意前来破坏她平静的心绪。

"但即使在中国，"菲茨乔治先生接着说，"还是会有闲暇时间让我想起你和斯莱恩伯爵。在我看来，你们并不般配，就像做出来的饼干，杂七杂八，一点也不协调。我说你们不相配，并不是说你在工作上不尽如人意。你完成得很出色，甚至可以说太过完美，这才引起了我的怀疑。斯莱恩伯爵夫人，假如你没有嫁给那个讨人喜欢又令人不安的江湖骗子，你会怎样度过一生呢？"

"骗子，菲茨乔治先生？"

"不，他当然不完全是江湖骗子。"菲茨乔治先生说，"相反，他做了五年的英国首相，做得还不赖，而且（据说）那五年还是非常艰难的五年。顺便说一句，就没有哪个年头是不艰难的。也许我对他判断有误。但你得承认他这个人有不少缺点。他是我认识的最有魅力的男人,不过施展魅力要有个度,超过这个度,就不合理了。他就超过了,还超出了不少。他太好了,不像真人。斯莱恩伯爵夫人,你自己也常因为他的魅力而深受其害吧?"

这个问题如此直白,以至斯莱恩伯爵夫人几乎是在不经意间就如实做了回答。菲茨乔治先生似乎真的很感兴趣。然而,她记得,她经常看到亨利皱着眉头,对一些他根本不会真正感兴趣的人类问题表现出兴趣。他退缩到了一个世界,在这个世界里,人类的兴趣变得微不足道,他的思想核心只有一种冷漠且充满讥讽的野心,如果亨利是这样,那么菲茨乔治先生又有什么不同呢?他们一个是政治家,一个是鉴赏家。她不愿意被当作唐朝的雕像来品评鉴定,毕竟她很可能是假货。对亨利的观察给了她一个刻骨铭心的教训。和一个如此迷人、如此虚伪、如此冷漠的人生活在一起,并爱上他,着实是件极为可怕的事。她突然发现亨利颇有些大男子主义。尽管他魅力不凡,文化修养很高,但大男子主义是他的性格基调。他鄙视别人,自己却也是俗人中的俗人。

"我本想当个画家的。"斯莱恩伯爵夫人回答了刚才那个问题。

"啊!"菲茨乔治先生说,像一个终于得偿所愿的人一样松了一口气。"谢谢你。这下我全明白了。所以你很可能成为一个艺术家,对吗?但作为一个女人,你只能放弃梦想。我明白了。现在我明白了,为什么你本来很平静的面容有时看起来那么悲伤。我记得我看着你,心想,这个女人有一颗破碎的心。"

"亲爱的菲茨乔治先生!"斯莱恩伯爵夫人叫道,"倒也不必把我的一生说得好像是一场悲剧。我拥有大多数女人梦寐以求的一切:地位、舒适的生活、子女,我也很爱我的丈夫。我没有什么可抱怨的,确实没有。"

"可惜你上当受骗,失去了最重要的东西。对艺术家来说,最重要的是施展自己的天赋。你和我一样清楚这一点。要是天赋遭到压制,就会像树一样扭曲成不自然的形状。人生就将失去所有的意义,只能在浑浑噩噩中过日子。生活就成了将就。面对现实吧,斯莱恩伯爵夫人。你的孩子,你的丈夫,你的荣华富贵,不过是一个又一个阻碍,让你无法实现自我。你放弃了自己的使命,于是用这些取而代之。我想,你那时候太年轻了,不懂什么是更好的,但你选择了那种生活,其实并不明智。"

斯莱恩伯爵夫人用手捂住眼睛。她再也没有力气承受这种谴责的打击了。菲茨乔治先生突然像牧师一样受到鼓舞,毫无怜悯地推翻了她的平静。

"是的,"她虚弱地说,"我知道你是对的。"

"我当然是对的。老菲茨也许是个滑稽的人物,但还保留着一些价值观,我看你触犯了我的人生信条的第一准则。怪不得我要责怪你。"

"别再骂我了,"斯莱恩伯爵夫人抬起头,微笑着说,"我向你保证,我就算做错了,也已经付出了代价。不过你不能怪我丈夫。"

"我没有。他在自己的能力范围内给了你想要的一切。他只是扼杀了你,仅此而已。男人确实会扼杀女人。大多数女人喜欢遭到扼杀,反正别人是这么告诉我的。作为一个女人,我敢说,就连你也在这个过程中获得了某种乐趣。你有没有生我的气?"

"不,"斯莱恩伯爵夫人说,"我想,被你戳中心事,倒叫我松了口气。"

"你当然知道,我在法特赫布尔西克里就已经戳中你了吧?当然不是在细节上,而是在整体上。现在只是延续了当时没有进行的谈话而已。"

斯莱恩伯爵夫人深受震荡,但还是坦率地笑了。她非常感激这位蛮横的菲茨乔治先生,他现在已经不再责怪她,而是坐在那里看着她,眼神里透着幽默和深情。

"一段中断了五十年的谈话。"她说。

"现在永远也不会恢复了。"他带着出奇的机智说道,他很清楚,她可能害怕他会反复撕开她那刚被发现的伤口。"但有些事该说还是要说的,这就是其中之一。现在我们可以做朋友了。"

菲茨乔治先生既然这样安排了他们的友谊,就理所当然地认为她会欢迎他的光临。他经常招呼不打一声就登门,坐在一张很快就成为他的专座的椅子上,取笑崇拜他的热努,和巴克特劳特先生没完没了地聊天，把他的习惯强加给这个家，但他还是很好地适应了斯莱恩伯爵夫人的生活方式。他甚至陪着她，迈着缓慢蹒跚的步伐去荒野公园散步。她的斗篷和他的方帽，经常出现在冬季的树木下方。他们摇摇晃晃地走在一起，常常坐在一条长凳上，说什么也不肯向对方承认自己累了，打着欣赏风景的幌子休息休息。他们欣赏了很久，觉得休息够了，就一致同意站起来，再走一段路。在这个过程中，他们回忆了康斯太勃尔的作品，甚至还参观了济慈的故居，那座如同小盒子一样的白色房子，隐藏在深绿色的月桂丛中，上演过一出出紧张的悲剧。他们自己也像鬼魂一样，喃喃地谈论着范妮·布朗[1]笔下的鬼魂，以及毁掉济慈的激情。然而，菲茨乔治先生对斯莱恩伯爵夫人的激情却一直潜伏在拐角处，遥不可及。倘若菲茨乔治先生不是个小心翼翼的利己主义者（这一点与可怜的济慈不一样），不是那么精明，不允许自己沉溺于对年轻的总

---

[1] 19世纪英国诗人约翰·济慈的未婚妻，她的美貌和才华给了济慈创作灵感。——译者注

督夫人毫无希望的爱恋中,那么这种激情很可能也会毁掉他。不过他也算不上太聪明,不然也不会五十年来一直对她念念不忘。

有一天在荒野公园,他帮着她回忆起了一件她早已遗忘的往事。

"你还记不记得,"他说——这句开场白经常出现,每当说起,他们都会露出微笑,"那次宴会的第二天,我又去府上用了午饭?"

"宴会?"斯莱恩伯爵夫人含糊地说,她的头脑已经迟钝了,"什么宴会?"

"加尔各答的宴会呀。"他温和地说,每次都很有耐心地给她提示,"我答应和你们一起去法特赫布尔西克里后,总督便邀请我去吃午饭。他说必须商量一下细节。我到得很早,发现只有你一个人在。不过也不能说是你一个人。凯也在。"

"凯?"斯莱恩伯爵夫人说,"啊,但凯当时肯定还没有出生。"

"他两个月大,和你在一个房间,睡在摇篮里。你不记得了吗?被一个陌生的年轻男子看到你和孩子在一起,你很尴尬。但是你立刻克服了尴尬,我记得我很欣赏你纯朴的举止。你还要我看看他。你拉开了摇篮的帘子,因为你,我确实朝那个可怕的小东西瞥了一眼,但我真正看的是你拉开帘子的手。你的手像薄棉布一样洁白,唯一有颜色的东西便是你的戒指。"

"那些戒指。"斯莱恩伯爵夫人边说边摸着黑色手套下面的凸起。

"既然你这么说……我有一次告诉凯,我见过他在摇篮里的样子。"菲茨乔治先生咯咯笑着说,"多年来,我一直强忍着,没有用这个笑话来取笑他。可以告诉你,我这么一说,着实吓了他一跳。但我没有给他任何解释。直到今天他都不知情。他问你了吗?"

"没有,"斯莱恩伯爵夫人说,"他从来没有问过我。就算他问我,我也不记得,没法告诉他。"

"是的。人都是健忘的,都是健忘的。"菲茨乔治先生望着荒野公园,说,"然而,有些事情是永远不会忘记的。我记得你放在帘子上的手,我记得你低头看着那个已经长成凯的讨厌小东西时的表情。我还记得,自己偶然闯入了你私下里的生活,有种扭曲的感觉在心里滋生。但这种感觉并没有持续多久。你按了铃,一个保姆来了,连着摇篮一起,把凯移走了。"

"你喜欢凯吗?"斯莱恩伯爵夫人问。

"喜欢?"菲茨乔治先生惊讶地说,"嗯……我习惯了他。是的,我想你可以说这是喜欢。我们很了解彼此,所以不会打搅到对方。可以说……我们是习惯了对方。在我们这个年纪,其他任何事都只是麻烦。"

的确,即使对斯莱恩伯爵夫人来说,"喜欢"这种事似乎也是遥不可及的。她想,她喜欢菲兹乔治先生,喜欢热努,也喜欢巴克特劳特先生,也有一点喜欢戈什隆先生,但正是这种喜欢使一切烦恼和焦虑都烟消云散了,哪怕她苍老的身体已然失去了活力。现在她所有的感情都笼罩在一层朦胧的面纱下。她只能说,和菲茨乔治先生一起在荒野公园散步和小坐,是件很愉快的事。听他回忆那一天的情景,即使隔着一层纱,那天的光对她褪色的眼睛来说也太明亮了。

尽管如此,菲茨乔治先生其实并没有把全部真相向斯莱恩伯爵夫人和盘托出。他没有提醒她,那天他来的时候,除了发现凯躺在房间角落的摇篮里,他还看到她跪在地板上,周围是一大堆鲜花。当时是冬天,他以为花是刚从英国运来的。然而,那些花都是从她在印度的花园里剪下来的,玫瑰、飞燕草和甜豌豆在她周围分门别类地堆放着。地毯上摆着装满水的透明玻璃花瓶,闪烁着点点光亮。她抬头望着他,而这位不速之客正好撞见她在做一件总督夫人不可能做的事。这是秘书或园丁的职责,而她宁愿亲自动手。她抬起头来,把头发从眼前拨开。有水珠从她的手指滴落。但是她用同样的手势把另一种东西从她的眼睛里拂开。她是把自己的全部私生活都抛在了一边,代之以一种敷衍的礼貌。她站起身来,先用抹布擦了擦手,再把手伸给他,说道:"菲茨乔治先生……"那时她还记得他的名字,"请原谅,我不知道已经这么晚了。"

在圣詹姆斯街,人们注意到菲茨乔治先生经常不在家。凯·霍兰德也发现,菲茨现在不像以前那么热衷于和他一起用餐了,不过他完全猜不出原因。他对真相一无所知,却还是对老朋友充满了一种不应有的关心,以为他是太累了,要不就是身体不好,只得早早上床睡觉。他们的关系向来郑重其事,所以凯不敢冒昧去探听。他很熟悉菲茨乔治先生的家,因而对这位老先生的生活有大概的了解。事实上,他能想象菲茨乔治先生穿着晨衣和拖鞋,在那些摆放得乱七八糟的绝世艺术品之间走来走去,把罐头汤放在煤气炉上加热当晚餐,为了节省,电灯只亮着一个灯泡,灯光笼罩着那个穿着耶格牌服装的小个子男人,并为堆叠在一起的框架镀了一层金色。或者,他只靠插在瓶子里的蜡烛头照明?凯确信,菲茨乔治先生不允许自己吃饱,而且,他家的房间低矮拥挤,到处尘土飞扬,他只允许一个打杂女工每天来稍加打扫,这样的生活并不利于健康。居住的环境脏乱差,菲茨每每出门却打扮得光洁体面,他究竟是如何做到的,对凯来说一直是个谜。而凯自己要花大量的时间,才能尽可能保持居住环境干净整洁。凯·霍兰德对每年一次的春季大扫除可谓一丝不苟,在这方面,哪怕是老处女都比不上他。他卷起衬衫袖子,亲手把他那些脆弱的宝贝放在水盆里清洗。但是,再看看老菲茨!凯想,自从菲茨搬进去以后，这么多年来，那两个房间就从来没有彻底打扫过。菲茨的家就像伯纳德街屋檐下的喜鹊窝，里面堆满了一点点运进来的东西，先摆在椅子上，椅子放不下了，就堆在地上，先塞进抽屉，抽屉再也合不上了就塞进橱柜。他不会碰那些东西，也从不掸灰，除非愿意向客人展示杰作，菲茨乔治先生才会清理掉尘垢，把画、青铜或雕塑举到灯光下。

现在菲茨很少露面了。可看起来，他走进俱乐部时还是和往常一样，于是凯也打消了疑虑。如果说有什么不同的话，那就是他似乎比以前更活泼了一些，贬损凯的时候更加起劲儿，眼睛里还闪烁着光芒，好像在享受一个秘密的玩笑。而事实的确如此。凯坐在那里，心里暖暖的，也很高兴。从来没有人像菲茨乔治那样取笑他。虽然凯很想再谈谈菲茨见过他睡在摇篮里的话题，可他磨不开面子，再加上习惯使然，所以怎么也开不了口。

但是，菲茨不再要求去见斯莱恩伯爵夫人了，这使凯松了口气。他确信，母亲在汉普斯特德隐居，绝不会欢迎陌生人到访。事实上，他觉得自己在这件事上颇有洞察力,还要了手腕拖延时间,为此颇为自得。然而,时不时有种不安的感觉在他心里翻搅:他阻止菲茨建立新友谊,是不是太不友好了?毕竟,菲茨第一次提出这样的要求,一定是下了很大的决心,后来再次提起,必定付出了更大的努力。然而,他要把母亲放在第一位,对她负责。嘉莉、赫伯特和查尔斯都不能理解母亲想要安安静静过日子的愿望。他能够理解。因此,他有责任保护母亲,帮助她实现愿望。尽管他通常对菲茨心存敬畏,却还是保护了母亲。而且,由于他的躲躲闪闪,菲茨显然已经把心血来潮的想法忘得一干二净了。凯想,这几天他一定要去看看母亲,给她讲讲他是多么聪明。

然而,他一再推迟去探望母亲的时间。时值一月,天寒地冻,凯像猫一样喜欢温暖和舒适的环境,因而很容易说服自己,冷风飕飕的地铁站不适合像他这样娇气的老人。他裹着大衣,戴着围巾,只能忍受步行从家里穿过喷泉庭院,绕过挡在路上胖得飞不起来的鸽子,走下台阶来到堤岸,再来到诺森伯兰大道,然后穿过公园到圣詹姆斯街,这是他每天的例行活动,他受不了去更远的地方。他走路,不仅是为了锻炼身体,还因为他对所有公共交通工具上的微生物异常敏感。对他来说,微生物比爬行动物更可怕。他几乎每天都想象自己至少感染一种致命的疾病,每次喝茶,他都记得感恩水煮开了,没有了微生物。事实上,他很喜欢下雨或下雨夹雪,这样他就有借口待在家里了。他给母亲写了一些小字条,借此安慰自己的良心,他言辞温柔,表示自己感冒了,还说流感会爆发,希望热努能好好照顾她。尽管如此,他还是想,只要天气放晴,他一定要去一趟汉普斯特德,把菲茨乔治的事告诉母亲。她一定会觉得很好笑,也会很感激他的体贴。

但是,凯像许多聪明人一样,把计划推迟得太久了。他忘记了菲茨乔治先生比他年长二十五岁。八十一岁不是一个可以跟时间开玩笑的年龄。在二十、三十、四十、五十和六十岁的时候,人们尚可说,还是明年夏天再做吧。诚然,即使在二十岁,生活中也总是充斥着意想不到的危险。但到了八十一岁,这种推迟就变成了对命运的嘲弄。那些以前只是不大可能发生的意外危险,到了八十岁就变成了必然。家族的长寿史让凯的标准变得有些扭曲。当然,听闻菲茨乔治的死,他深感意外,他不相信这是真的,心里也充满了怨恨。

他第一次觉察到异样,是在报纸的海报上:《西区俱乐部会员身亡》。当时,他正沿河堤向下,拐上诺森伯兰大街去吃午饭,无意中瞥见了这个消息。他没当回事,这种事就跟布里克斯顿有辆巴士开到人行道上的消息一样普通。再往前走一点,他看到了另一张午间版的海报:《独居百万富翁在伦敦西区去世》。即便菲茨乔治的名字划过了他的脑海,他也没有深究。即使是记者,也很难把伯纳德街归纳为伦敦西区。凯对伦敦新闻界一无所知。尽管如此,他还是买了一份报纸。他穿过公园,注意到番红花开始钻出地面,露出了小小的绿色嫩芽。这条路线他走过千百遍了。他心平气和地走进布德尔饭店,点了一瓶维希矿泉水,摊开餐巾,把《旗帜晚报》打开放在面前,开始吃肉配泡菜。他不需要告诉侍者要点什么,毕竟每次的点餐都是一样的。头版第二栏有一个标题:《西区俱乐部男子被发现死亡:揭露隐居富翁的怪诞生活》。(即使在那时,凯也在想,一个人怎么可能既是俱乐部成员,又是隐士呢?)这时,一个名字突然闯入他的眼帘:菲茨乔治先生……

他放下刀叉,金属撞击得盘子哗啦啦直响,其他用餐者本来还在奇怪凯·霍兰德为何如此冷漠,这时他们抬起头来,低声说:"啊,他总算听说了!"他们说"听说",其实指的是"读到"。其实说"听说"也是有一定道理的,那个印刷的名字仿佛在冲凯嘶吼,足以将他的耳朵震聋。他觉得好像有人给了他一记耳光。"菲茨死了?"他问邻桌的一个人。二十年来,他经常见到那人,却并无深交,只是点头打招呼的交情。

他不知道自己是如何到达目的地的,只模模糊糊地记得曾掏口袋付出租车费,反正他好像突然就到了伯纳德街,正沿楼梯往菲茨家走去。菲茨房间的门被撞开了,是的,坏了,门板四分五裂,警察也在,是两个身材魁梧的年轻人,神气十足,充满歉意,当他们知道了凯的名字后,对他很客气,也很友好。菲茨也在那里,穿着耶格牌晨衣躺在床上,身体异常僵硬。桌上放着一条半沙丁鱼,一块吃了一半的烤面包,还有一个只剩下一点的煮鸡蛋。吃剩的水煮蛋向来都叫人恶心。凯吃惊地看到菲茨还戴着一顶睡帽。睡帽上带有倾斜的流苏。他看上去和生前差不多,却又完全不同。很难说这种差异从何而来。光是僵硬,还不足以解释。也许这是由于他窥探到老菲茨的隐私而产生的罪恶感,他看到了其他人看不到的一刻:穿着拖鞋,戴着睡帽,从碗橱里拿出最后三条沙丁鱼。"还不能移动他,先生。"一个年轻的警察说,他守在一旁,防止凯走得太近,碰到他的朋友。"得先听听法医怎么说。"

凯退到窗边,对比了父亲的死和菲茨的死。他们所选择的人生道路确实截然不同。菲茨蔑视这个世界,过着隐秘的生活,在自己的内心寻找快乐,不与任何人交心。凯只见他发过一次脾气,原因是某家报纸刊登了一篇文章,列举了伦敦有哪些怪人。"老天!"他这么说,"不合群就是怪胎?"见到自己的名字赫然在列,他怒不可遏。他就是搞不明白为什么总有人对别人的生活感兴趣。在他看来,这种行为庸俗、乏味,毫无必要。他只希望独自待着,其他人都别来打扰。他无意干涉世界的运转,只想隐居在自己所选择的世界里,沉浸在他那些美不胜收的藏品之中。这便是他的精神世界,是他沉思的方式。因此,他死时虽身边无人,却没有什么可悲之处,因为这是他的选择。

但这让执法人员和州政府代表感到担忧。他们走进他的房间,而凯站在窗边,可怜巴巴地摆弄着肮脏的窗帘。他们望着那僵硬而沉默的尸身,说这位先生曾经非常富有。事实上,据报道,他的财富达到了七位数。穷人孤身死亡的事他们倒是见得不少,但没有先例告诉他们该如何处理孤身死亡的百万富翁。他们说他一定有亲戚,说这话时还看着凯,好像凯是罪魁祸首似的。但是凯说他没有,据他所知,菲茨乔治先生根本没有亲戚。他与这世上的任何人都没有联系。"等一下,"他补充说,"南肯辛顿博物馆也许能告诉你们一些关于他的事。"

听了这话,探长哈哈大笑起来,然后好像是突然想起房间里还有个死人,便连忙用手捂住嘴。博物馆!他这么说道。一个人死了,却要去那里找他的信息,真是太无聊了。探长无疑有个贤惠的妻子,有好几个吵闹的孩子,窗台上放着几盆红色的天竺葵。他说,事实上,霍兰德先生提到博物馆,并不是太离谱。要不是博物馆,他、探长和他的下属根本就不会出现在那里。若是没有谋杀或自杀,警察是不会出现在现场的,如今他们出现在这里,的确不同寻常。多亏了博物馆给苏格兰场打了电话,说发生了"紧急事件",苏格兰场才派了警察去伯纳德街看守价值不菲的藏品,而这些遗产很可能将归国家所有。探长显然很鄙视这些藏品,却对"价值不菲"这个词立即表示赞赏。但是,霍兰德先生难道不能建议一个比博物馆更人性化的地方吗?霍兰德先生不能。他无力地建议他们可以用《名人记》查一下菲茨乔治先生。

"好吧。"探长说着拿出一个笔记本,开始干正事。他的父亲到底是谁?别让那些记者进来,他气哼哼地对两个下属说。他从小就没见过他父亲,凯答道,不禁觉得自己像一只被网住的兔子,他只希望自己从来没到伯纳德街来,被这些警察欺负。此外,他还怀疑,探长只是为了满足自己的好奇心,就越权调查这位死去的百万富翁的身世。

探长瞪着眼睛,神情玩味,只是他官气十足,强压下了眼底的情绪。"那他的母亲呢?"他说,暗示人可以没有父亲,但总不能没有母亲。然而,凯早已超越了这样的认知范围。他只把菲茨乔治看作一个独立的人物,为保持独立而战。"他从小也没有母亲。"他回答。

"那他有什么?"探长问,他瞥了一眼下属,凯用一个词概括了他的表情暗示的意思:"怪胎。"

凯很想说这是人家的私生活,他感到有点头晕,相比探长和他的主张,菲茨乔治可谓截然不同,这几乎使他无法忍受。但他妥协了,指着房间里乱七八糟的艺术品说:"他有这些。"

"这还不够。"探长说。

"对他来说够了。"凯道。

"就这些垃圾?"探长说。凯默不作声。

一个警察走上前来,给探长看了一张名片,低声说了些什么。"好吧。"探长看了看卡片后说,"让他进来。"

"先生,楼梯平台上也有很多记者。"

"别让他们进来,我告诉过你的。"

"他们说只想看一下房间,先生。"

"不可能。告诉他们没什么可看的。"

"是,长官。"

"不过是一大堆垃圾而已。"

"是,长官。"

"把博物馆来的先生请进来。其他人别放进来。看来,"探长转向凯说,"我们对博物馆的看法是对的。来的人说不定是死者的叔叔呢。看看吧。"他把卡片递给凯,卡片上写着:克里斯托弗·福尔詹贝先生,维多利亚和阿尔伯特博物馆。

一个年轻人走了进来。他头戴圆顶礼帽,身穿蓝大衣,手戴羔皮手套,鼻梁上架着一副牛角框眼镜。他瞥了菲茨乔治先生一眼便把目光移开,接着,他开始和探长交谈,目光还在房间里的垃圾上扫来扫去,进行着评估。然而,他的态度与探长不同,他的眼睛不时放光,手不自觉地伸向椅子或桌子上一堆堆积满灰尘但价值不菲的藏品,做出了掠夺者的姿态。此外,他还很恭敬地与凯·霍兰德打招呼,从而提高了凯在探长心目中的威信。毕竟,博物馆是一个公共机构,用的是政府补贴(虽然很少),因而博得了(或者说收买了)探长的尊敬。他对福尔詹贝先生比对凯·霍兰德还要恭敬。他没有认出凯·霍兰德是前首相的儿子,而福尔詹贝先生递来的名片上却明明白白地写着:维多利亚和阿尔伯特博物馆。

说句公道话,福尔詹贝先生心里很不自在。上司紧急派他来检查老菲茨的东西是否妥善保管。由于老菲茨在过去四十年里给出的暗示,博物馆合情合理地认为他遗产将属于他们。凯·霍兰德又一次退到窗前,又一次用手指抚摩着肮脏的窗帘,由着探长和福尔詹贝先生去做他们应做的事。探长有职责要履行,福尔詹贝先生则被博物馆派来做一项并不适合他的工作。老菲茨有新发现时的喜悦,对珍贵艺术品的暴躁和克制的狂喜,都是属于另一个世界的,完全不同于眼前这两个人对死者的保护,以及对死者财产赠与的兴趣。凯对这个世界的了解足以使他明白，这种情况在所难免。即使站在他朋友的立场上，他也不觉得这其中有什么讽刺之处。探长和福尔詹贝先生都是按自己的处事原则行事。尤其是福尔詹贝先生，他的表现非常得体。

"当然，我知道我们无权干涉，"他说，"但是考虑到这些藏品的巨大价值，考虑到菲茨乔治先生总是告诉我们他将把他的大部分财产遗赠给国家，我们博物馆认为应该采取一些适当的措施来保护这些财产。上司让我转达，如果你们需要我们派人来负责，我们一定配合。"

"先生，你是说这些收藏品价值连城吗？"

"应该说它们的价值高达数百万美元。"福尔詹贝先生饶有兴味地回答道。

"嗯……"探长说，"我是一点也不了解这些东西。这个房间在我看来像个当铺。但如果你这么说，先生，我必须相信你的话。这位先生，"他朝菲茨乔治先生伸了伸大拇指，"好像没有家人吧？"

"我从来没有听说过。"

"这可真是少见,先生。对这样一个有钱人来说很不寻常。"

"有律师来过吗?"福尔詹贝先生问道。

"到目前为止还没有事务所出面,先生。不过报纸的午间版都登了这条消息。不错,这里没有电话。"探长厌恶地环顾着四周说,"他们必须亲自来。"

"菲茨乔治先生是一个不爱交际的人。"

"我明白了,先生……可以说他真是个孤独的人。真是搞不懂他为什么这样。我这个人就喜欢热闹。他这里没问题吧,先生?"探长拍着额头问道。

"也许有点古怪,但仅此而已。"

"那样的人,人们都以为他会有'太平绅士'之类的头衔,对吧,先生?我的意思是有一些公共职务,比如医院委员会之类的。"

"我认为菲茨乔治先生并不关心公共事务。"福尔詹贝先生说,光凭他的语气,凯无法判断他是同情还是在挑剔。"可是,"他又说,"对于一个能为国家留下如此无价之宝的人,我不能这么评价他。"

"暂时还不能确定。"探长说。

福尔詹贝先生耸了耸肩。"他的暗示很明显。再说了,他不把它们留给国家,还能留给谁呢?除非他把一切都留给你,霍兰德先生。"他转向凯说,被自己的玩笑逗乐了。

但是,菲茨乔治先生既没有把他的收藏品留给国家,也没有留给凯·霍兰德。他把一切藏品,以及他的全部财产,都留给了斯莱恩伯爵夫人。遗嘱是写在半张纸上的,但写得非常清楚,条理分明,还有充分的见证,没有留下任何可做其他解释的漏洞。之前的遗嘱撤销,而那份遗嘱规定他的财产将捐给慈善机构,藏品则分别捐给各个博物馆、国家美术馆和泰特美术馆。新遗嘱明确指出,斯莱恩伯爵夫人将得到全部遗产,并可随意处置。

消息公布,世人一片哗然。博物馆既愤怒又沮丧,只有斯莱恩伯爵夫人的家人在惊讶的同时又非常开心,他们立刻聚集在嘉莉的茶桌旁。当天下午,嘉莉见到了母亲,这使她处于有利而令人羡慕的地位。事实上,她听到消息后便直接赶去了汉普斯特德。"亲爱的母亲,"她说,"我不能不管她,让她一个人承担这么大的责任。你们也知道,她不适合处理这种情况。""但究竟是怎么回事?"赫伯特问,这天他显得尤为暴躁,"怎么会这样?她是怎么认识这个菲茨乔治的?这和凯有什么关系?我们知道凯和菲茨乔治是朋友,真看不出来母亲与他有这么深的交情。我从没听她提起过他的名字。"赫伯特气得够呛,说的话像篝火一样噼啪作响。

"这是一个阴谋,就是这样,而凯是始作俑者。凯想把那老头的东西据为己有。不管怎么说,凯这次是白费心机了。"

"是这样吗?"查尔斯说,"怎么知道凯和母亲没有暗中串通呢?凯向来与我们不亲近。我总觉得凯有点不讲道德。"

"当然。"梅布尔开口说。

"安静点,梅布尔,"赫伯特说,"我同意查尔斯的看法。当然,凯总是有点像一匹黑马。母亲从来没有对我们任何人说过她要怎么立遗嘱。"

"到现在为止,"伊迪丝说,她还是加入了哥哥姐姐的行列,并且很看不起自己的行为,"她没有什么东西可以留下。"

伊迪丝的话像往常一样没有引起其他人的注意。

"我不同意你们所有人的看法。"威廉说,他在家里很受尊敬,因为他最善于考虑实际情况,"要是凯和母亲在图谋什么,他们就不会安排菲茨乔治的遗产留给母亲了。想想看要付多少税吧。"

"人死了,就要交遗产税?"伊迪丝像往常一样没轻没重,说出了"死"这个让人不愉快的字眼。

"至少五十万。"威廉说,"不。那还不如直接留给凯。"

"可母亲太不实际了。"嘉莉叹了口气说。

"确实不实际。"威廉说,"她为什么不找我们问问呢?现在木已成舟了。"他更有哲理地接着说:"天哪,她该怎么处理?"

"她似乎并不感兴趣。"嘉莉说,"我去的时候,看见她在看书,热努在角落里喂猫吃剩饭。我相信她并没有真的在读书。我问她看的是什么书,你们知道,我只是想和她聊聊天,她却说不出来。她说书是穆迪书店寄来的,但你们知道,母亲总是把清单列得很仔细,从来不让穆迪决定寄什么书。我为了进屋颇费了一番周折,报社的人把房子围得严严实实,母亲不让热努应门。我只好绕到花园里,在窗户下面大喊'母亲'!"

见嘉莉停了下来,赫伯特问:"你进去后,她是怎么解释的?"

"什么都没解释。她似乎是在印度认识这个菲茨乔治的,最近他来过一两次。反正她是这么告诉我的。但我确定她有所隐瞒。她提起菲茨乔治来看过她时,在一旁的热努突然哭了,还走出了房间。她掀起围裙,捂着脸抽抽噎噎。她走的时候说了一句话:'多么好的先生啊[1]。'这么看来,想必他经常给她小费。"

"那母亲呢?有没有心烦意乱?"

"她很平静。"嘉莉停了一会儿,公正地说,"是的,总的来说,我很肯定她有事瞒着我们。她一直想转换话题。好像有别的话题可谈似的!她没有看到伦

---

1 原文为法语:Un si gentil monsieur。——译者注

敦的报纸海报,这是显而易见的。亲爱的母亲,我只是想帮她而已。被她这么误解,我心里确实有点难受。她好像不希望我管这件事,想与我保持一定的距离。"

"可是,"拉维尼娅说,"在你母亲这个年纪,还有什么可隐瞒的呢?不会是……?"

"嗯,"嘉莉说,"谁也说不准,是不是?"

"不,"赫伯特说,"不!我不相信!"作为一家之主,他理所当然地说道。

"也许并没有。"嘉莉顺从他说,"我相信你的判断是正确的,赫伯特。可是,你知道,我突然冒出一个很奇怪的念头。"

他们都向前探身,等着听嘉莉这个奇怪的想法是什么。

"不,我真的不能说出来,"嘉莉说,她很高兴自己引起了这么多人的兴趣,"我真的说不出来,即使我知道不会有什么话从这里传出去。"

"嘉莉!"赫伯特说,"你知道的,我们一直有个约定,如果不想把话说完,就永远不要开口。"

"那是小时候的约定。"嘉莉说,仍旧不情愿。

"当然,如果你不愿意……"赫伯特说。

"好吧,如果你坚持的话。"嘉莉说,"我来说说我的想法。我们以前谁也不知道母亲和那个老头……那个老菲茨乔治之间有交情。她从没跟我们任何人提起过他。现在看来,她是在印度认识他的,那时候凯刚出生,也可能是在凯出生之前。他一直对凯很感兴趣。现在他死了,还把一切都留给了母亲,而没有留给凯。但这并不表示母亲不能把一切都交给凯。也许他一直是想把东西都给凯的,只是采取了一个迂回的办法。谁知道这是不是在虚张声势?你们也知道,像那样古怪的老人,总是害怕丑闻缠身。"

"因为……"赫伯特说。

"没错。就是那个原因……"

"啊,不,不!"伊迪丝说道,"那太可怕了,嘉莉,太恐怖了。母亲爱父亲,她绝不会背叛他的。"

"亲爱的伊迪丝!"嘉莉说,"你实在是天真啊!总觉得凡事非黑即白!"可她已经后悔当着伊迪丝的面说了这些话,因为伊迪丝可能会把她的话告诉母亲。而目前,她有充分的理由希望与母亲保持良好的关系。

伊迪丝愤愤不平地离开了,任由哥哥姐姐沉瀣一气。他们把椅子挪近了一点。

"没过多久,"嘉莉继续讲她的故事,"就来了一个年轻人。这人挺讨厌的。姓福尔詹贝,是博物馆派来的。热努表现得很不得体。我猜想他给了她一张名片,而不仅仅是报上了名字。总之,她宣布他是'福勒詹贝'先生。我怀疑她是故意说错的。但我很快就明白他活该。很明显,他和他的博物馆惦记上了可怜的母亲的遗产。他还假称博物馆发出了邀请,说什么要是母亲没有地方放藏品,可以放在博物馆里。这一次,母亲是相当明智的。她没有做出任何承诺。她说她还没有决定好怎么做。她望着福尔詹贝,仿佛他不在那儿似的。热努像往常一样冲了进来,问母亲晚饭想吃肉饼还是鸡肉。她说,鸡肉不算经济实惠,但第二天还可以接着吃。要知道,母亲一年至少有八万块的收入!"

拉维尼娅呻吟了一声。

"但母亲对着我,同样不愿意透露太多,就和对那个年轻人差不多。"嘉莉接着说,"我不断向她保证,我只是想帮忙。你们都很了解我,肯定会相信这是事实。但是她看着我,就像她看着福尔詹贝一样茫然。她似乎一直在想别的事。也许是在回忆感伤的事吧。"嘉莉恶毒地说,"热努又进来说鸡肉快做好了,再不吃就要变质了。母亲甚至没有要我留下来吃晚饭。最后我不得不和福尔詹贝一起离开,当然,我只好让他搭我的车。他告诉我,除了财产,光是藏品的估值就在几百万美元。"

"可怜的父亲,"赫伯特说,"我第一次为他不在人世而感到高兴。"

"是的,这真是一大安慰。"嘉莉说,"可怜的父亲。他从来不知道。"

他们默默地消化着这个令人欣慰的事实。

"可是,"威廉非常务实地继续谈话,"母亲要怎么处理那些东西……那些钱?一年八万块!还有价值两百万左右的艺术品!哼,她把它们卖了,一年就有十六万了。如果以百分之五的利息投资,还会有更多。这很容易做到。"他的声音变得尖厉起来，每当谈到钱的问题时，他总是这样。"谁也摸不准母亲会怎么做。看看她处理珠宝时有多漫不经心吧。她似乎不知道什么是价值，什么是责任。据我们所知，她可能会把全部藏品交给国家。"

斯莱恩伯爵夫人的孩子们感到了深深的恐慌。

"你不会真相信她会这样吧，威廉？她对子女肯定是有些感情的吧？"

"我确实相信。"威廉说，他有点动肝火，"母亲就像个孩子，在她眼里，红宝石就和鹅卵石一样。她从来没有吸取教训，这一辈子都是糊里糊涂的。你们知道，有件事我们一直心照不宣：我们都觉得母亲和别人不太一样。子女不喜欢说自己母亲的坏话，但在如今这种时候，是万万不能过于心慈手软的。她随时都可能做些古怪的事，一般人听说她做的事，都会绝望地绞着双手。可我们无能为力。我们什么都做不了！"

"你这话太荒谬了，威廉，"嘉莉道，她觉得威廉是在小题大做，"母亲一向是通情达理的。"

"她都去汉普斯特德住了,你还说她通情达理?"威廉沮丧地说,"在母亲这个年纪还为自己开辟人生新道路的人,我不认为听得进去道理。况且她还用那么荒唐的方式送出了珠宝。"他看了看梅布尔,梅布尔紧张地拉起细长的花边,想要遮住珍珠。"不,嘉莉。母亲是一个从未脚踏实地的人。她生活在一个虚幻的国度里,那里才是母亲的故乡。不幸的是,她遇到了那个国度的另一位居民,也就是菲茨乔治先生。"

"那巴克特劳特呢?"嘉莉问。

"他?"威廉说,"巴克特劳特很可能诱使她把全部财产转给他。可怜的母亲,那么单纯,那么不明智。活脱儿就是个猎物。该怎么办呢?"

与此同时,巴克特劳特先生去拜访了斯莱恩伯爵夫人,对她突如其来的责任表示慰问。

"你看,巴克特劳特先生,"斯莱恩伯爵夫人说,她看上去面带病容,非常烦恼,"菲茨乔治先生不可能知道自己在做什么。他想让我喜欢他那些美丽的藏品,我明白这一点。但他以为我能怎么处理那么多的钱?我自己的钱够多,足以满足我的需要。我曾经认识一个百万富翁,巴克特劳特先生,他过得很不如意。他非常害怕遭遇暗杀,于是雇了很多私家侦探。他们就像躲在墙里的老鼠。他还不允许自己交朋友,总觉得其他人有不可告人的目的。吃饭时,如果有人坐在他旁边,他总是担心他们会向他要一笔捐款给他们最喜欢的慈善机构。大多数人都不喜欢他,我倒是很喜欢他。我见过很多人因为嗅到别有用心而不信任别人,巴克特劳特先生,我不想陷入同样的境地。菲茨乔治先生偏偏要把我卷进这件事里,真是太荒唐了。我认为他不可能知道自己在做什么。"

"在世人的眼中,斯莱恩伯爵夫人,"巴克特劳特先生说,"菲茨乔治先生给了你巨大的好处。"

"我知道,我知道。"斯莱恩伯爵夫人说,她深感忧虑和苦恼,又不想显得不知感恩。

她在想,在她的一生中,人们总是给她好处,可惜她并不觊觎这些好处。亨利先把她培养成总督夫人,又把她培养成政治聚会的女主人,现在又来了一个菲茨乔治,让她平静的生活充满了黄金和财富。"巴克特劳特先生,我什么也不想要,"她说,"我只想安安静静地生活,可这个世界偏偏不允许你这样!哪怕你已经八十八岁了。"

"即使是最小的行星,"巴克特劳特先生语气严肃地说,"也不得不绕着太阳转。"

"但这是否意味着,"斯莱恩伯爵夫人问道,"我们所有人,不管愿意与否,都必须围着财富、地位和财产转?我原以为菲茨乔治先生很明白这一点。难道你不明白吗?"她说,绝望地向巴克特劳特先生求助。"我原以为我终于摆脱了这一切,可现在偏偏是菲茨乔治先生把我又推回了深渊。我该怎么办,巴克特劳特先生?我该怎么办呢?我相信菲茨乔治先生收藏了很多漂亮的东西,但我对这些东西一无所知。我总是喜欢上帝的作品胜过人的作品。在我眼里,百万富翁也好,乞丐也好,上帝的作品一向都是免费给予任何能欣赏的人,而人类的作品只能由百万富翁专享。除非人所造之物对制造它们的人来说已经足够,那么,几年后哪个百万富翁买下它们,也就无关紧要了。"她又说,"这并不是说菲茨乔治先生因为人类作品的价值才将它们买下的。他是一位鉴赏家。再说,他是个守财奴。他并不会按照市场价值购买艺术品，而是要以低于市值的价格购买，并以此为乐，他觉得他得到的是上帝的杰作，而不是人的作品。不知你是否明白我的意思？"

"我完全明白你的意思。"巴克特劳特先生说。

"很少有人明白的。"斯莱恩伯爵夫人说，"你让我以为你同情我的处境，而很少有人会同情我。这些有价值的东西纵然很漂亮，可我并不想要。一想到家里的壁炉台上放着一件切利尼制造的赤陶器，我肯定要提心吊胆，毕竟哪天热努在早餐前拂尘，一定会把它打碎。不，巴克特劳特先生。要是我有什么想看的，宁愿到荒野公园去看看康斯太勃尔画过的树。"

"但你不愿意拥有一幅康斯太勃尔的画？"巴克特劳特先生敏锐地问，"我相信菲茨乔治先生的收藏中一定有康斯太勃尔的佳作，画的就是汉普斯特德荒野公园。"

"好吧，"斯莱恩伯爵夫人放松地说，"也许可以留着那幅画。"

"除了你可能出于个人原因愿意保留的几件作

品，"巴克特劳特先生说，"至于其他的，斯莱恩伯爵夫人，你打算怎么处理呢？"

"送走。"斯莱恩伯爵夫人疲惫地说，"把艺术品给国家，把钱给医院。菲茨乔治先生最初也是这么打算的。让我摆脱这一切吧。只要让我摆脱就好！还有，"她转移了话题，而巴克特劳特先生已经习惯了她这样的说话方式，"想想我的孩子们肯定要生我的气了！"

他完全理解斯莱恩伯爵夫人拿子女开的这个巧妙的玩笑。原则上，玩笑并不能逗乐巴克特劳特先生。他认为玩笑都是幼稚愚蠢的，但这个特别的笑话激起了他的幽默感。他从未见过斯莱恩伯爵夫人的子女，但已经敏锐地对他们有了清楚的印象。

"但你死后，"巴克特劳特先生以他一贯的直率说道，"讣告上将会指出你公正无私，大爱无疆。"

"我反正也看不到。"斯莱恩伯爵夫人说，她见过斯莱恩伯爵的讣告，早就知道讣告中可能含有很多错误的解读。

巴克特劳特先生离开了，他是真真正正放心不下老朋友的困扰。他从来没有想到,大多数人都觉得斯莱恩伯爵夫人这些伤感的遗憾很古怪。他很自然地接受了一个事实,那就是斯莱恩伯爵夫人并不赞同世俗的价值观,因此,他觉得她自然不满这些价值观总是强加在她身上。此外,他现在知道了她年轻时的理想,也知道她的现实生活扼杀了她的梦想。巴克特劳特先生虽然在许多方面都很单纯,大多数人还认为他有点疯狂,但他也有一种直接且没有偏见的智慧:他知道,标准必须随着实际情况调整,而指望环境自己适应现成的标准虽然是很常见的想法,却极为荒谬。因此,在他看来,斯莱恩伯爵夫人在生活中遭遇挫折时,就像瘫痪的运动员一样值得同情。毫无疑问,这是一种非常规的观点,但巴克特劳特从未质疑过其正确与否。

然而,当热努听到斯莱恩伯爵夫人的提议时,她吓了一跳。她那法国式的思维方式大受震荡。此前一连几天,她都沉浸在快乐的情绪中,整个人飘飘然,发生了这么难以置信的事,一下子多出这么多的财富,为了庆祝,她还多给了猫咪一些鱼肉。对斯莱恩伯爵夫人得到的那笔遗产,她读过报纸上的数目,掰着手指数了数有几个零,由于难以置信,还数了好几遍。对这件事,她的感觉很复杂。她很清楚一百万和两百万是什么意思,但落到了实际应用,她只决定大胆地向斯莱恩伯爵夫人要求请打杂女佣每周来三次,而不是两次。到目前为止,为了节省开支,哪怕她的风湿病加重,关节比平时更僵硬,她也不曾偷懒。她只是多加了一层牛皮纸,又多穿了一条衬裙,她四处走动,希望病情能得到缓解。她知道夫人并不富有,因而宁愿自己受苦,也不愿增加夫人的开支。但是,有一天晚上,她进来收盘子,斯莱恩伯爵夫人用随意的语气把决定说了,热努想奢侈一把的幻想一下子破灭了。"不可能,夫人!"她惊呼道,"我还以为日子能过得松快点了呢![1]"热努真的绝望了。此外,公众的目光又一次投向了斯莱恩伯爵夫人,这使热努很是高兴。日报和每周的画报都刊登了斯莱恩伯爵夫人的

---

[1] 原文为法语:C'est pas possible, miladi! Et moi qui pensais voir revenir nos plus beaux jours!——译者注

照片。没有近照，报纸上登的都是旧照，在照片中，斯莱恩伯爵夫人还是总督夫人和大使夫人，年轻，身上珠光宝气，穿着晚礼服，精致的发型上戴着冕状头饰，坐在棕榈树下。有的照片风格古旧，看起来怪里怪气的。有的照片里，她手拿一本摊开的书，却没有在看，有的照片里，孩子们围着她，赫伯特穿着水手服，嘉莉穿着宴会礼服（热努还清楚地记得当时的情形！），亲切地靠在母亲的肩膀上，低头看着母亲抱在膝头的新生儿：是查尔斯，还是威廉？甚至有一份报纸因为找不到斯莱恩伯爵夫人的近照，就在困境中尽力而为，居然刊登了一张她七十年前穿着结婚礼服拍摄的照片。另一张照片是斯莱恩伯爵穿着马裤，手里拿着步枪，一只脚踩在一只老虎上。不知为何，这些照片不讨斯莱恩伯爵夫人的喜欢，却让热努很开心。她说，她无权对夫人发号施令，但夫人是否考虑过自己的处境，有没有想过该怎么办？夫人习惯了身边有成群的侍从和仆人，"虽然他们都是黑人……[1]"还

---

[1] 原文为法语：bien que ce n'était que des nègres。——译者注

有勤务兵，随时准备去送便条或消息。"在那个时候，夫人至少有很多人侍候[1]。"在绝望之际，一个念头闪过热努的脑海，她突然弯下身子，手在大腿上下搓来搓去。"老天，夫人，夏洛特女士会高兴的！是的，威廉先生也会！啊，太好笑了！[2]"

菲茨乔治先生去世后，斯莱恩伯爵夫人很孤独。她把藏品都捐给了国家，这引起了一阵热议，几个子女为此发了脾气，但这一切都没有给她留下什么印象。她不许热努带报纸回家，渐渐地，这件事不再占据头条，缩小到了只有一个段落。她拒绝见子女，直到他们同意当作从未发生过这件事。嘉莉认认真真地写了一封信维持自己的尊严，她在信中表示，要过几个星期，甚至几个月，这个可怕的伤口才能完全愈合，才能再度面对母亲的沉默。在那之前，她相信自

---

[1] 原文为法语：Dans ce temps-là, miladi était au moins bien servie。——译者注
[2] 原文为法语：Ah, mon Dieu, miladi, c'est Lady Charlotte qui va être contente! Et Monsieur William, donc! Ah, la belle plaisanterie!——译者注

己实在无能为力。等稍稍恢复后,她就会再写信的。而在这段时间里,斯莱恩伯爵夫人应该为自己的行为感到非常丢脸。

但斯莱恩伯爵夫人不为所动。多亏了凯和巴克特劳特先生,除了在几份文件上签字以外,她在当局那里没有遇到什么麻烦,但是她现在感到疲倦,精神空虚。她和菲茨乔治的友谊既奇怪又美好,这可能是她这辈子遇到的最后一件奇怪又美好的事了。她并不希冀再遇到这种事。她所期望的只是平静和远离烦恼。

她不时在报纸上看到家人的动态。嘉莉办了义卖会。嘉莉的孙女参加了慈善活动。查尔斯的信终于登上了《泰晤士报》。赫伯特的长孙理查德赢得了一场定点越野赛马。理查德的妹妹黛博拉与一位公爵的长子订了婚,这桩婚事可谓门当户对。赫伯特则在上议院发表了演讲。有传言说,赫伯特将担任下届总督。事实上,新年授勋名单里也有他的名字,他荣获了圣米切尔和圣乔治勋章……斯莱恩伯爵夫人一面沉浸在自己遥远的过往中,一面审视着这些微小而遥远的事件,这些事与她自己的生活交织在一起,发出了阵阵回声。"平淡、陈腐，多么叫人疲惫，又是多么无益啊。"她自言自语道，拄着拐杖，扶着栏杆小心翼翼地走下楼梯，她心想，为什么人到了生命的尽头，除了莎士比亚还会读别的书。或者说，人在年轻时为什么要读莎士比亚以外的作品，毕竟他似乎对洋溢的青春或成熟的晚年都知之甚详。但也许只有到了成熟的时候，人才能充分理解他那些较为深刻的观点。

她看着这群她孕育出来的人，他们正处于事业的中期，抑或是正走在自己的道路上。她猜想小黛博拉订婚了一定很高兴，小理查德骑着马穿越乡野，必然觉得自己充满了活力。想到这两个小家伙，她温柔地笑了。她转念又想，等到青春的热情冷却下来，他们就会变得麻木不仁。他们会变得世故、自私自利。年轻的鲁莽慷慨将被中年的谨慎取代。他们不再有斗志，灵魂不会再挣扎。他们只会变成千篇一律的样子。斯莱恩伯爵夫人叹了口气：他们来到这个世界，她也负有责任，虽然只是间接的责任。一代代子孙诞生于世，绵延不绝。她心下难过，一心盼望着获得解脱。

不过,她还是做了一件令人费解的事。写完信、贴上邮票,交给热努寄出去后,她才开始回顾自己的行为,认定自己当时脑筋不清楚。她说不出是什么冲动驱使着她,是什么奇怪的欲望在牵引着她,使她想和她所抛弃的生活重新建立联系。也许是因为孤独太折磨人,她根本没有勇气忍受。也许她高估了自己的坚韧。只有非常强大的灵魂才能忍受孤独。反正她给一家剪报社写了信,要求他们把任何有关她家人的报道做成剪报交给她。私下里,她知道她只想听到关于曾孙们的消息。她并不关心嘉莉、赫伯特、查尔斯和威廉遇到了什么事。他们走过的路和将要走的路都有清晰的标记,不存在惊喜,亦没有喜乐。但是,即使当时精神恍惚,她也不敢让霍尔本的这家剪报社看透自己,于是她下了一份笼统的订单,从而掩饰自己的真实愿望。然而,当绿色的小包裹开始送达,所有关于她几个子女的内容都被直接扔进了废纸篓,而有关曾孙们的报道则被斯莱恩伯爵夫人小心翼翼地贴在了从街角的文具店买来的一本相册里。

她每天晚上都在粉红色的灯罩下贴剪报,从中获得了极大的乐趣。她知道每周只能收到两三次新鲜的消息,于是每天晚上她都会留下一点"宝藏",每天只粘贴一定比例的新闻,这样第二天还有一两则消息可贴。幸运的是,斯莱恩伯爵夫人有两个曾孙已经长大成人,还过着五花八门的生活。事实上,这两个年轻人是当时的杰出人物,八卦专栏很喜欢报道他们的事。斯莱恩伯爵夫人以自己对他们的了解为基础,从这些片段中拼凑出他们的性格和个性,这成了她的一大乐事。孩子们完全不知道曾祖母以此为消遣,就因为他们不知情,斯莱恩伯爵夫人的快乐才更加深邃,这很像个恶作剧,却也叫人有些伤感。对她来说,快乐完全是一件私事,是秘密的玩笑,热烈而芬芳,却像栀子花的花瓣一样一碰即碎。只有热努知道她在晚上的消遣,但并不打扰她。她觉得这件事就是斯莱恩伯爵夫人的一部分,如同她的靴子或热水瓶,或者猫咪约翰。猫咪约翰坐在火炉前,向来都极为整洁,看起来很尊贵。热努确实和斯莱恩伯爵夫人一样,对霍兰德家的年轻人很感兴趣,只是感兴趣的角度不同而已。她很快就猜到斯莱恩伯爵夫人只关心曾孙,见其兴趣重燃，她非常开心，并对此表示欢迎。绿色的包裹一被投进信箱，她就拿着它快步进屋。"瞧，夫人！来了！[1]"她满怀期待，站在一旁看着斯莱恩伯爵夫人撕开包装纸，取出剪报。天知道，有些报道太琐碎了，像什么地铁站寻宝、舞会、派对，有时是照片，比如理查德穿着马裤，或者黛博拉在化装舞会上把自己装扮成苏格兰女王玛丽。这些事太琐碎，但他们都很年轻，因而没有任何坏处。斯莱恩伯爵夫人翻看照片，谁能猜到她这时的感受呢？但热努紧握着双手，是发自真心地开心。"啊，夫人，理查德先生真是英俊！啊，夫人，她真漂亮！[2]"她说的是黛博拉。斯莱恩伯爵夫人听了露出微笑，为热努的赞赏感到高兴。她毕竟年事已高，如今小事都能使她高兴。"是的。"她说，注视着照片上的理查德，他满身是泥，一边胳膊下夹着一只银杯，另一边胳膊下夹着马鞭，

---

1 原文为法语：Voilà, miladi! c'est arrivé!——译者注
2 原文为法语：Ah, miladi, qu'il est donc beau, Monsieur Richard! Ah, miladi, qu'elle est donc jolie!——译者注

"这个年轻人,体格健壮,还不错。[1]""还不错![2]"热努愤愤地叫道,"他棒极了,就是天神下凡。又优雅,又时髦。年轻的姑娘肯定都为他疯狂。他将追随他曾祖父的脚步,"热努补充说,她很欣赏世俗的声望,"他将成为总督、首相,天知道还有什么。夫人会看到的。"热努从来没有预料到斯莱恩伯爵夫人对这类事怀着蔑视的态度。"不,热努,"斯莱恩伯爵夫人说,"我看不到了。"

她只想远远地看着这些年轻人过着有些愚蠢却很美好的生活。谢天谢地,她不可能活那么久,看不到他们进入成年,变得麻木,甚至变得更加愚蠢,就连狂野、愚蠢和美好的品质都无法弥补那样的变化。"仙女和牧羊人,远走高飞。"她喃喃地说,看着曾孙那浓密的头发,纤细而有弹性的四肢。"热努,"她说,"年轻真好。"

热努睿智地说,这取决于一个人的青春是什么样

---

1 原文为法语:pas si mal。——译者注
2 原文为法语:Pas si mal。——译者注

的。她的父母很穷，一共生了十二个孩子，生在这样一个家庭可不是什么好事，后来，她被送到普瓦捷附近的农民家里居住。她睡在谷仓的稻草上，见不到父母。她每天早上五点起床，冬天和夏天都是如此，工作做得不好就要挨打，她还知道，长大后，兄弟姐妹都将只是陌生人。热努陪伴在斯莱恩伯爵夫人身边将近七十年了，但斯莱恩伯爵夫人从来没有听说过她的身世。她好奇地转向热努。"要是你再见到兄弟姐妹，热努，你会觉得很奇怪吗？"

一点也不，热努说，我们是血脉相连的。家人就是家人。她在十六岁那年重新走进了巴黎的那套小公寓，仿佛她理所当然地属于那里。普瓦捷附近的那个农场早已成了随风往事，她再也没有想起过它，虽然她比任何人都清楚流浪的母鸡会在哪里下蛋。她径直走进了哥哥姐姐们的生活，并在那里占据了一席之地，仿佛从未离开过。她和她的一个姐姐有一点小矛盾，这个姐姐生了一对双胞胎，可就在她分娩前，她的第一个孩子刚刚死于白喉。热努说，他们试图向她隐瞒孩子的死讯，但她不知怎么猜到了，于是她直接从床上跳起来，身上只穿着睡衣就冲到墓地，扑在了坟墓上。家人让热努去接她回来。一个像她这样年纪的女孩竟被派去执行这样的任务，她显然并不觉得奇怪。这也是不得已的事。母亲不得不待在家里照顾双胞胎。但她在家里只待了很短的一段时间。父亲已经在登记处留下了她的名字，接下来她所知道的就是她要横渡英吉利海峡去英国，给夫人做女仆。

斯莱恩伯爵夫人听着这段简单而富有哲理的叙述，心中百感交集。她责怪自己以前从来没有问过热努。这么多年来，她一直认为热努所做的一切都是理所当然的。然而，在热努那结实的胸脯里，还隐藏着如此丰富的经历。从普瓦捷附近的农场，她睡在稻草上，不时挨上一顿打，到富丽堂皇的总督办公地点和居住的府邸，这一定是个奇特的转变……相比之下，她的曾孙们的经历确实显得浅薄。她自己的经历似乎也很单薄，还过于文明，缺乏与现实的联系。她只是一味在心里为壮志未酬而自怨自艾，从不需要被迫把伤心欲绝的姐姐从新挖的坟墓前拉开。热努泰然地站在那里讲述着过去的种种磨难，她望着热努，不知道哪一种创伤更深:是现实磋磨出的血淋淋的伤口,还是想象引发的深刻却看不见的伤痕?

她想,从那时起,热努就没有过任何私人生活。热努的一生都在为她服务,自我就此湮灭。斯莱恩伯爵夫人突然谴责自己是个自私的老妇。然而,她想,她也把自己的人生献给了亨利。她不必为最后放纵自己的忧郁而过分责备自己。

她的思绪回到了热努身上。霍兰德家的人取代了热努自己的家人,骄傲、抱负、势利……热努把一切都投诸他们的身上。她还记得,在亨利被封为贵族时,热努有多么开心。热努把她的每一个孩子都当作自己的孩子看待,除非是出于对斯莱恩伯爵夫人的强烈保护,否则,热努不会对霍兰德家的孩子们批评一句。现在她把兴趣转移到了霍兰德家的曾孙身上,哪怕他们不再来家里,也没什么不同。由于斯莱恩伯爵夫人拒绝接待黛博拉和理查德,她忠诚的灵魂一度被撕成两半。但听到斯莱恩伯爵夫人解释说,年轻的活力对一个老太太来说太累人了,她立刻调整了自己的观念。"当然，夫人，年轻人确实叫人很累。[1]"

然而，热努很开心家庭自豪感能借由绿色小包裹和相册实现一定程度的复苏。在她的农民智慧的深处，子孙代代相传非常重要，这就如同一种本能。她没能实现女性的天赋，便可怜巴巴地把希望寄托在她崇拜的斯莱恩伯爵夫人身上，希望从其身上获得一种间接的满足。"看着夫人忙着摆弄一小罐胶水，"她眼含热泪说，"我心里也很高兴。"有一次，她把猫咪约翰抱起来，让猫咪看《闲谈者》上整版大的理查德的照片。"啊，啵啵，理查德是多么英俊啊。[2]"约翰挣扎着，不愿看。她失望地把它放下来。"真有意思，夫人。动物聪明归聪明，但永远也看不懂照片。[3]"

这些天来，常识早已被斯莱恩伯爵夫人抛之脑后。不过，她确实想知道，那些年轻人对她放弃菲茨

---

[1] 原文为法语：Bien sûr, miladi; la jeunesse, c'est très fatigant。——译者注
[2] 原文为法语：Regarde, mon bobo, le beau gars。——译者注
[3] 原文为法语：C'est drôle, miladi; les animaux, c'est si intelligent, mais ça ne reconnaît jamais les images。——译者注

乔治的财产有何感想。他们很可能愤愤不平，痛骂曾祖母把一笔本来属于他们的财产拱手于人。他们肯定不会相信她有浪漫的动机。她虽然不必向他们道歉，但也许欠他们一个解释。但她怎么才能和他们取得联系呢，尤其是现在？当她把笔伸向墨水时，骄傲扯住了她的手腕。毕竟，她对待他们的方式，在任何有理智的人看来，都是不近人情的。她先是拒绝见他们，后来又让他们发财的机会化为泡影。在他们眼里，她一定是利己主义和不顾他人的化身。斯莱恩伯爵夫人很难过，但她知道自己做事但求无愧于心。菲茨乔治不是责备过她违背内心的意愿吗？突然间，她恍然大悟，明白了菲茨乔治为什么要用这笔财富诱惑她：他诱惑她只是为了让她有勇气拒绝。他给她的与其说是一笔财富，不如说是一个忠于自己的机会。斯莱恩伯爵夫人弯下腰，抚摩着那只她平时并不怎么喜欢的猫咪。"约翰，"她说，"约翰，真幸运，我还没弄明白他的意图，就做了他想要我做的事。"

从那以后，她的心情一直很好，只是一直牵挂曾孙们，心中不免发愁。她对自己的行为做出了令人满意的解释，可奇怪的是，她对曾孙们愈发感到良心不安，仿佛她是为放纵自己的过分举动而自责似的。也许她的决定太仓促了？也许她对孩子们并不公平？也许她不应该只顾着实现自己的想法，而要求别人牺牲？她必须承认，即便惹恼嘉莉、赫伯特、查尔斯和威廉，她也会完完全全只考虑自己的想法，还觉得这很有意思。那笔财富多到了夸张的地步，在她看来不是个人该拥有的。因此，她急忙把二者都处理掉了，珍贵的艺术品给了国家，钱捐给了受苦的穷人。逻辑虽然尖锐有力，却很简单。这样看的话，她并不相信自己做错了什么。但另一方面，她难道不该考虑曾孙们吗？这是一个要独自决定的微妙问题。她向巴克特劳特先生吐露了秘密，但他没有给她任何帮助，因为他完全赞同她的第一直觉，再加上考虑到世界末日即将来临，他看不出这两者有什么差别。"亲爱的夫人，"他说，"到时候你的切利尼和普桑，你的孙子和曾孙都会湮没在行星的尘埃中，良心问题就不再那么重要了。"这是事实，却对她没有帮助。天文学上的真理虽然可以刺激人们的想象，但对眼前的问题没有任何助益。她继续痛苦地凝视着他,而此时此刻,她突然想到亨利会扬起眉毛说些什么,心中就更痛苦了。

"黛博拉·霍兰德小姐来了。"热努说着推开了门。瞧她开门的样子,好像是在模仿巴黎使馆里的大管家似的。

斯莱恩伯爵夫人慌乱地站起身来,身上的丝绸和花边像往常一样发出轻柔的沙沙声。编织物滑到了地板上,她无力地弯下腰去捡,脑海中思绪纷乱。她和她的曾孙女以及巴克特劳特先生即将面对面,可她还不清楚该如何面对这荒谬的局面。这样的情况太过复杂,她一时难以应对。她从来就不善于处理需要灵活机智的状况。她曾和巴克特劳特先生谈过她的几个曾孙,此时赫伯特的孙女突然出现,成为她的曾孙的代表,这种情况确实需要非常灵活的机智方能应对。"亲爱的黛博拉。"斯莱恩伯爵夫人说,她亲昵地快步走过去。编织物掉了,她想捡起来,但中途放弃了。她吻了吻黛博拉的脸颊。

斯莱恩伯爵夫人更困惑了,自从她迁出榆树公园大街，搬到汉普斯特德，黛博拉是第一个进入她家的年轻人。汉普斯特德的房子只对菲茨乔治先生、巴克特劳特先生和戈什隆先生敞开了大门，当然，有时大门也对斯莱恩伯爵夫人的子女敞开，尽管他们不受欢迎，但无论如何，他们全都上了年纪。如今，年轻的黛博拉敲开了大门。她戴着皮帽，整个人明媚娇艳，是个漂亮优雅的美人，与斯莱恩伯爵夫人从报纸社交版面看到的她的照片一模一样。斯莱恩伯爵夫人有一年没见过她了，如今，她已经从女学生蜕变成了年轻女郎。斯莱恩伯爵夫人很了解她长得亭亭玉立以后在上流社交界的活动。斯莱恩伯爵夫人突然想起了放在桌上灯下的剪报册。她松开黛博拉的手，急忙把画册挪到黑暗的地方，仿佛它是一杯脏了的茶。她还把吸墨纸盖在上面。真是勉强逃过，好险好险。但现在她觉得安全了。她回来把黛博拉正式介绍给巴克特劳特先生。

巴克特劳特先生得体圆滑，很快就告辞离开。斯莱恩伯爵夫人很了解他，生怕他会立刻扯上一些极其重要的话题，提到她最近的古怪行为，从而使那姑娘和她自己都陷入尴尬。然而,巴克特劳特先生却表现得深谙世故,这实在令人意外。他只聊了几句:春天就要到了,伦敦街道又有小贩推着手推车卖花,银莲花剪断茎后在水中能存活多久,从乡村送来一串串雪花莲,不过很快就会被一串串报春花接替,以及考文特花园。但对于宇宙大灾难和黛博拉·霍兰德曾祖母的正确判断,他只字未提。只有一次,他差点儿说错话,当时他俯身向前,把一根手指放在鼻子上,说:"黛博拉小姐,你长得真像斯莱恩伯爵夫人,能与她成为朋友,我三生有幸。"所幸他没有接着说下去,片刻后就站起来告辞了。斯莱恩伯爵夫人很感激他,但当她眼看着他离去,留下她与一个以她的名字命名的年轻女子,她还是不免有些惊慌。

她以为与曾孙女一开始只会东拉西扯,说一些毫无意义的话题,生怕偶然的一句话会把对话引向现实的话题,像杰克的豆茎一样迅速变成连珠炮一般的责备。但她做梦也想不到,黛博拉居然坐在她的腿边,简单直接地感谢她所做的一切。斯莱恩伯爵夫人没有回答,只是把手放在女孩贴着她的腿的头上。她感动得说不出话来。她更喜欢让那年轻的声音继续说下去，想象说话人就是自己，让青春韶华再现，并幻想自己终于找到了一个可以诉说心事的知己。她老了，身心俱疲，心甘情愿地沉浸在甜蜜的幻想中。她听到的是回声吗？还是有什么奇迹抹去了岁月的痕迹？那些年月是不是又重新上演，只是有所不同了？她用手指拨弄着黛博拉的头发，发现她的头发很短，而不是卷发，于是她模糊地以为自己已经把早前的逃跑计划付诸实施了。难道她真的离家出走了吗？她果真选择了自己的事业而不是亨利的事业吗？难道她现在正坐在地板上，身旁是一位值得信赖的朋友，带着一种被内心的火焰点燃的坚定和肯定，滔滔不绝地说出她的道理、愿望和信念吗？幸运的黛博拉！她这么想，她这么坚定，完全信赖别人，至少有一个人这么理解她。但她所指的是哪一个黛博拉，她却说不清楚。

她对自己说，菲茨乔治死后，再也不会有陌生可爱的东西进入她的生活，如今想来这还真是一个愚蠢的预言。她自己的生活和曾孙女的生活出乎意料地混淆在一起，这既奇怪又美好。菲茨乔治的死使她变得衰老。人到了她那个年纪，衰老会来得突然而惊人。她的头脑也许已经不再清醒了，不过，至少她清楚地看出了自己头脑的弱点，并说："说下去吧，亲爱的。你说话就是我在说话。"年轻的黛博拉没有领会到这句话的意义，这话确实是斯莱恩伯爵夫人无意中说漏了嘴。她无意在曾孙女面前暴露自己。她的一只手已经握住了死亡之门的门闩，她不想用自己过去的问题来烦扰眼前的年轻人。对她来说，最重要的是，现在她能全身心地沉浸于聆听者的角色，做一对耳朵，尽管她的秘密依然随心所欲地在脑海中进出——值得一提的是，斯莱恩伯爵夫人一直享受那份隐秘独处的窃喜。这种享受如今尤为隐私，有些模糊，不再鲜明，她的感知变得更加强烈，却又好像模糊不清，因此她可以尽情享受，却不再需要思索或进行推理。在她人生暮色渐深之时，她又回到了浮沉的青春；她再次成为那根在河中摇曳的芦苇，那只划向大海的小舟，却一次又一次被风吹回到河口的安全水域。青春！青春！她想着。而她在如此接近死亡的时候，想象着所有的危险又在等待着她，但这一次她要更加勇敢地面对,她不允许自己做出让步,她要更加坚定和确信。这个孩子,这个黛博拉,这个自我,这另一个自我,这个她自己的投影,是坚定而确信的。她说,她的订婚是个错误。她之所以接受订婚,只是为了让祖父高兴。(她说,母亲不重要,祖母也不重要。可怜的梅布尔!)她说,祖父对她有着很高的期望,他希望她有一天能成为公爵夫人。但她说,与她自己想成为的音乐家相比,这算什么?

听黛博拉说到"音乐家"三个字,斯莱恩伯爵夫人有点吃惊,她原以为黛博拉会说"画家"。但结果大同小异,她的失望很快就烟消云散了。那女孩说话就像她自己说话一样。结婚对象若与自己在衡量价值观上有着同样的标准,她并不会反对。但是在码和英寸的衡量标准上意见不一的两个人,是不可能相互理解的。对她的祖父和前任未婚夫来说,财富和头衔是以一码、两码、一百码、一英里来衡量的。对她来说,它们只有一英寸,甚至是半英寸。另一方面,音乐及其所蕴含的一切,是无法用任何尺度来衡量的。因此,她很感激曾祖母降低了她在世俗市场上的价值。"你看,"她高兴地说,"有一个星期,人人都说我是继承人,后来他们发现我没有财产可以继承,我解除婚约就容易多了。"

"你们是什么时候分手的?"斯莱恩伯爵夫人问道,想起了她的剪报,上面没有提到这件事。

"前天。"

热努带着晚邮报进来了,她很高兴有个借口再看黛博拉一眼。斯莱恩伯爵夫人把小绿包塞在编织物下面。"我都不知道你已经分手了。"她说。

这真是一种解脱,黛博拉扭动着肩膀说。她说,她不想再和那个疯狂的世界打交道了。"是这个世界疯了吗,曾祖母?"她问,"还是我疯了?或者说,是我这个人根本无法融入社会?难道我所认为的重要的事,与别人认为的不一样吗?不管怎样,我为什么要接受别人的想法呢?我自己的想法也可能是对的,对我来说就是对的。我认识一两个和我意见一致的人,但他们似乎总是和祖父或嘉莉姑婆处不来。还有一件事……"她顿了顿。

"说下去吧。"斯莱恩伯爵夫人说,她被这种磕磕巴巴、不知所措的分析深深打动了。

"嗯,"黛博拉说,"在祖父和嘉莉姑婆,以及他们所认可的人之间,似乎有一种牢固的团结感,就像一块水泥将他们牢牢黏合在一起。但我总是喜欢分散的、孤独的人。这样的人一碰面就能认出彼此。他们似乎发现了某些很重要的东西,比祖父和嘉莉姑婆认为重要的事更重要。我还不知道那具体是什么。如果是宗教……如果我想成为一名修女而不是音乐家……我想即使是祖父也会模糊地理解我在说什么。但那不是宗教,不过在本质上与宗教很相似。例如,音乐和弦比祈祷更能给我满足感。"

"说下去。"斯莱恩伯爵夫人说。

"那么,"黛博拉说,"在我喜欢的人当中,我发现他们内心深处有一种坚硬而凝聚的东西,冷峻,甚至有些残酷。那像是一块诚实的石头,仿佛他们无论如何都要忠于自己认为重要的事物。当然,"黛博拉回忆起祖父和嘉莉姑婆的评论,尽职地说,"我知道可以说他们是在社会上非常无用的人。"她说这话时带着孩子气的严肃。

"他们各有用处。"斯莱恩伯爵夫人道,"就像酵母一样。"

"我从来不知道这个词怎么发音。"黛博拉说,"我想你是对的,曾祖母。但酵母需要很长时间才能起作用,而且即使这样,它也只在思想大致相同的人身上才能起作用。"

"是的,"斯莱恩伯爵夫人说,"但和你有同样想法的人比你想象的要多。他们费了很大的力气来隐藏想法,只有在危急时刻才会暴露出来。比方说,如果你死了……"但她真正的意思是"如果我死了","我敢说,你会发现祖父比你(我)以为的更了解你(我)。"

"那不过是多愁善感。"黛博拉坚定地说,"当然,死亡能出乎所有人的意料,甚至祖父和嘉莉姑婆也不例外。死亡能让他们想起那些他们曾经忽略的事。在我看来,我喜欢的人并不会病态地纠结于死亡,而是始终明白对他们来说生命中重要的是什么。毕竟,死亡只是偶然事件。生命也是偶然事件。而我所说的那个东西,并不是这两者。那个东西与祖父和嘉莉姑婆认为我应该过的那种生活格格不入。是我错了,还是他们错了?"

斯莱恩伯爵夫人觉得这是最后一次惹恼赫伯特和嘉莉的机会。就让他们叫她邪恶的老太婆吧!她知道自己不是那样的人就好。孩子是个艺术家,就应该随心所欲。世上还有大把的人忙着延续日常的工作,赚取和享受生活的回报,承受生活的恶意,再以其人之道还治其人之身;而像黛博拉这样的少数而珍贵的小团体,对浮华的诱惑毫不动心,应当自由地默默却热忱地投身于自己的事业。毕竟,在那奇怪的喧嚣最终分辨清楚、当今日变为历史时,诗人和先知的价值往往超越了征服者们的荣耀。耶稣本身便是他们中的一员。她对黛博拉的天赋无法做出评判;但那并不重要。成就固然值得肯定,但精神更为珍贵。用成就来衡量,实际上是对世俗标准的一种妥协,是对斯莱恩伯爵夫人及其同类所推崇的那种严肃、无私而挑剔的标准的一种背离。然而,她说出口的话完全不符合心中的想法:"哎呀,如果我没有把那笔财富送人,我就能让你无忧无虑了。"

黛博拉笑了。她说，她需要的是建议，而不是金钱。斯莱恩伯爵夫人心里很清楚，她其实也不需要别人的建议。她只希望自己的决心得到加强和支持。好吧，如果她想要得到认可，就应该得到认可。"你当然是对的，亲爱的。"她平静地说。

她们又聊了一会儿，黛博拉感到自己被一种宁静与共鸣包裹着的同时，曾祖母的思想像是进入了混乱的迷宫，让黛博拉摸不到头绪。在斯莱恩伯爵夫人这个年纪，这是很正常的事情。有时她似乎在谈论她自己，然后又恢复了理智，笨拙得可怜，试图掩盖自己的过失，使自己振作起来，开始热切地谈论小姑娘的未来，而不是谈论遥远的过去发生的某件坏事。黛博拉非常平静，也非常高兴，根本没有深思这是什么样的坏事。和老妇人在一起的这一小时给她带来了安慰，就像音乐，像黄昏中轻轻拨动的和弦，暮色渐浓，敞开的窗户外有飞蛾在翩翩起舞。她靠在老妇人的膝头，仿佛那是她的支撑和支柱，她沉浸在温暖、朦胧与柔和和谐的声音中。喧闹声逐渐远去，叮当声停止了，祖父和姑婆嘉莉失去了他们棱角毕露的重要地位，缩成了只会用手比画的小木偶，长着羊皮纸脸，笨手笨脚地晃来晃去。而另一种价值，如伟大的天使般，在房间里升腾，展开羽翼，耸立开来。莫名其妙的联想飘进了黛博拉的脑海。她想起有一次她看见一个穿着白色连衣裙的年轻女子牵着一只白色俄罗斯狼犬，穿过夜色中的南方港口。她与曾祖母有了身体和精神上的双重接触。二人的年纪相差这么多，在精神上却如此紧密地协调一致。这样的接触揭开了她努力珍藏起来的一个个短暂的小小记忆宝藏。她不由自主地想，以后她是否能充分重温这个深具魔力的时刻，并把它转化成音乐。她渴望用音乐来呈现这一体验，这甚至超越了她对曾祖母的兴趣，这是一种利己主义，但她知道曾祖母既不会怨恨，也不会误解。她是冲动之下才来找曾祖母的，现在她觉得自己来对了。那种被音乐包围的感觉正是证明。遥远的钢琴奏出了和弦，这些和弦在她祖父和嘉莉姑婆所在的世界里是没有意义的，是不存在的。但在曾祖母的世界里，它们有自己的价值和意义。她不能让曾祖母累着了，黛博拉想。她突然意识到那苍老的声音已经停止了漫无目的的闲话,一小时的魔力已经被打破了。曾祖母睡着了,下巴耷拉在胸前的饰带上。在休息的时候,她那双漂亮的手软弱无力。黛博拉默默地站起身来,默默地走到街上,轻轻地关上门,不发出半点声响。她想象的和弦也渐渐消失了。

一小时后,热努把托盘端上来,宣布"夫人,可以吃饭了[1]"。可她马上就改口,叫了起来:"天哪,这是怎么了?夫人死了![2]"

"这是意料之中的事。"嘉莉一面说,一面擦眼泪。父亲去世时,她都不曾掉一滴泪。"这是意料之中的事,巴克特劳特先生,可还是叫人深受打击。你知道,我可怜的母亲是一个非常特别的女人,只是想来你并不明白这一点,毕竟她只是你的房客。《泰晤士报》的一名记者今天早上称她是'极好的人'。我自己也常常这么说:她是个极好的人。"她其实还说

---

[1] 原文为法语:Miladi est servie。——译者注
[2] 原文为法语:Mon Dieu, mais qu'est-ce que c'est ça - Miladi est morte。——译者注

过其他许多话,只是她早已忘记了。"她有时候有点难缠,"她突然想到菲茨乔治的财产,便又补充说,"还有点不切实际,但天下重要的事,又不仅仅务实这一件,对吧,巴克特劳特先生?"《泰晤士报》也这么说过。"我可怜的母亲有美丽的天性。但并不是说我应该赞同她所有的行事方式。她的动机有时有点难以捉摸。你知道,这有点像堂吉诃德,而且,不知该不该说,她甚至还很不明智。此外,她也非常固执。有时还不听劝,考虑到她是多么不切实际,这是很不幸的事。要是她愿意听我们的话,我们现在的处境就完全不同了。可如今已经覆水难收了,说再多也没有用,不是吗?"嘉莉说,假装坚强地对巴克特劳特先生笑了笑。

巴克特劳特先生没有回答。他不喜欢嘉莉。他很奇怪,他的老朋友这样敏感、率真,怎么会有一个如此冷酷、如此虚伪的女儿?他决定在言语和表情上都不让嘉莉看出,他对失去斯莱恩伯爵夫人有多悲痛。

"如果你愿意的话,楼下有个人可以量棺材的尺寸。"他说。

嘉莉瞪着眼睛。这么看来，他们对这个巴克特劳特先生的看法是正确的：他是个无情的老人，毫无体面，甚至都不愿为可怜的母亲讲几句合适的评语。嘉莉自己则很慷慨，一再提起"母亲是极好的人"。总的来说，她认为自己能这样赞美母亲，实在是慷慨大方，毕竟母亲曾经那么戏耍过他们。她觉得自己理直气壮，按照她的行事准则，巴克特劳特先生也应该说些冠冕堂皇的话。毫无疑问，他本来希望能捞点好处，如今却以失败告终，所以满心怨恨。想到这个老骗子落得如此狼狈的处境，嘉莉的心里升起了极大的快慰。巴克特劳特先生就是那种试图算计毫无戒心的老太太的人。现在，他带了一个人来做棺材，就是想要报复。

"我哥哥斯莱恩伯爵马上就到，所有必要的事宜，他都会安排好。"她傲慢地回答。

然而，戈什隆先生已经站在门口了。他走进来，把礼帽一歪表示敬意，但这是对着无声地躺在床上的斯莱恩伯爵夫人，还是对着站在她床脚边的嘉莉，就很难说了。戈什隆先生也从事殡葬业务，早已习惯了死亡。然而斯莱恩伯爵夫人并非只是单纯的客户,他对她的感情始终要热烈得多。他已经决定拿出他最珍贵的木料给她做棺盖,想要用这种不为人知的方式来表达自己的情感。

"夫人看起来还是那么美好。"他对巴克特劳特先生说。

他们二人都不理会嘉莉。

"生得美好,死时也美好,我常这么说。"戈什隆先生说,"死亡带来的美令人惊叹。这句话是我的老祖父告诉我的,他也是做这一行的。五十年来,我一直在观察他的话是否属实。他曾经说过,'生命之美'可能来自漂亮的衣着之类的东西,但死亡之美,必定依赖于品格。现在看看夫人吧,巴克特劳特先生。这话果然是真的,对吗?和你说句实话,"他再次透露自己的秘密,"评价一个人时,我会看着他,想象他死后的样子。这个法子不错,尤其是当他们不知道你在这么做的时候。第一次见到夫人,我就说,是的,她很好。现在我看到的她就是我想象中的样子,我还是会这么说。不管怎么说,她虽然活在这个世界,却始终超凡脱俗。"

"是的。"巴克特劳特先生说。既然戈什隆先生来了，巴克特劳特先生便愿意谈论斯莱恩伯爵夫人了，"而且她也从来没有接受过这个世界。她拥有这个世界所能给她的最好的东西，只是她并不想要。她喜欢的是田野里的百合花，戈什隆先生。"

"是的，巴克特劳特先生。我曾经用《圣经》里的许多短语来形容夫人。然而，人们在《圣经》里能接受的东西，在日常生活中却无法容忍。当这些情况出现在他们自己的家里时，他们似乎完全不能领会其中的意义，而当它们从讲台上传来时，他们却又会装出一副虔诚的样子。"

天哪，嘉莉心想，这两个老人要像希腊合唱队一样，在母亲面前唠叨不休吗？她刚到汉普斯特德时，已经打定了主意：她要慷慨大方，要宽宏大量，从那时到现在，一些真实的情感确实发挥了作用，可现在她的自制力轰然崩塌，心中怒火中烧，积怨开始沸腾。这个房产经纪人和这个丧葬承办人，说起话来这么言之凿凿，这么坦荡且心安理得，可他们对她的母亲又有多少了解呢?

"也许,"她厉声说,"我母亲的悼词,最好留给她自己的家人来说。"

巴克特劳特先生和戈什隆先生都扭头看着她,神情极为严肃。在她眼里,他们突然变成了超然的存在:他们自然很滑稽,却也正气凛然。他们的眼睛剥去了她那体面的伪装,看透了她的伪善。她觉得他们在对她评头论足。戈什隆先生按照自己的习惯和原则,把她想象成一具尸体。他微微眯起眼睛,似乎在努力调动自己的想象力;仿佛将她摆放在灵床上无情地打量,那些她已无法操控的屏障尽数崩塌。他脑海中回荡着刺耳的评语,她那番"极好的人"的言论也已化为灰烬。巴克特劳特先生与戈什隆先生仿佛和她的母亲结成了某种同盟,这是显而易见的事实,任何事物都无法掩盖。

"在死亡面前,"她对戈什隆先生说——她无计可施,只能用习俗来压人,"你至少应该摘掉帽子。"

[全书完]

新流
xinliu

产品经理_于志远　特约编辑_王静　营销经理_郭玟杉

封面设计_朱镜霖　出版监制_吴高林

流动的智慧　永恒的经典

图书在版编目（CIP）数据

激情耗尽 /（英）薇塔·萨克维尔-韦斯特著；刘勇军译. —— 南京：江苏凤凰文艺出版社，2025.2（2025.9重印）.
ISBN 978-7-5594-9423-8

I. I561.45

中国国家版本馆CIP数据核字第20257AQ725号

激情耗尽

[英] 薇塔·萨克维尔-韦斯特 著　刘勇军 译

责任编辑	白　涵
特约编辑	王　静
装帧设计	朱镜霖
责任印制	杨　丹
出版发行	江苏凤凰文艺出版社
	南京市中央路165号，邮编：210009
网　　址	http://www.jswenyi.com
印　　刷	天津中印联印务有限公司
开　　本	890毫米×1260毫米　1/64
印　　张	4.25
字　　数	119千字
版　　次	2025年2月第1版
印　　次	2025年9月第3次印刷
书　　号	ISBN 978-7-5594-9423-8
定　　价	35.00元

江苏凤凰文艺出版社图书凡印刷、装订错误，可向出版社调换，联系电话：025-83280257